わたしの猫、永遠

小手鞠るい

潮文庫

目次

装幀：坂野公一(welle design)
装画：シライシユウコ

わたしの猫、永遠

1　わたしの猫、どこに――二〇二三年六月

やさしさが　つよさ

腐っちゃいけねえ　苦去るまで

わたしの目の前に、二枚の版画が掛かっている。

左の一枚には、まんなかに大きく白い猫が描かれていて、頭の上と肩の上に、子猫がちょこんと乗っかっている。白猫の表情は凜々しく、いかにも「ぼく、子猫たちを守っているんだよ」と言わんばかりだ。

左と右の二行に分かれている言葉は【やさしさが】【つよさ】――。

もう一枚には、剽軽《ひょうきん》な顔つきをした猿と、むすっとした猫が描かれている。猿は時計を手にしていて、猫は腕組みをしている。猿は猫に対して「苦難が去っていくまで、辛抱強く待て」と言い聞かせるために、時計を持っているのだろう。時が解決してくれる。すべては時間に任せなさい。そんなメッセージを込めて。

黒地に白抜きされている言葉は、上と下に分かれていて【腐っちゃいけねえ】【苦去るまで】——。

毎朝、毎昼、毎晩、わたしは、この二枚の版画を目にしながら、これらの言葉を読んでいる。なぜなら、作品は、バスルームの洗面台のすぐ横の壁に掛けられているから。鏡に映った自分の顔を見たあとで、優しさは強さであり、強さは優しさであり、苦が去っていくまで、めげずにがんばれ、と、わたしは心の中でつぶやいている。言葉の意味が真に迫ってくる日もあれば、なんの意味もない、ただの文字の連なりに見える日もある。

二枚の版画は、いつだったか、ハワイを経由して日本へ、夫婦で里帰りをしていたとき、東京在住の友人からわたしたちに、贈られたものだった。

わたしと、夫のケイシーへ、それぞれ一枚ずつ、友人はプレゼントしてくれた。それぞれが気に入った方を選んで、飾ってくれたら嬉しいと言って。

アメリカまで持ち帰って、荷を解いたとたん、

「二枚とも、きみの仕事部屋に飾ってくれ」

と、ケイシーは言い放った。

「僕の目に入らないところに」

猫の絵なんて、まともに見られない、と、思っていたのだろう。悲しくて、悲し過ぎて。こんなものを平気で、わたしたちに贈った友人を、恨《うら》んでいたのかもしれない。無論、友人は良かれと思って、つまり、わたしたちを慰《なぐさ》めるために贈ってくれたのだろうけれど、そのような慰めに、つまり、人は好意によって、心を傷つけられることがある、ということを、彼女は想像することができなかったに違いない。

「見たくないよ、絵も言葉も」

それはわたしも同じだった。

クローゼットの奥深くで眠っていた版画を取り出して、わたし専用のバスルーム

に飾ったのは、つい最近のことだ。

アメリカで暮らすようになって、かれこれ三十年あまりが過ぎた。あと六年ほどで、わたしが日本で生きてきた年月を、アメリカで生きている年月が超えることになる。日本はときどき訪れる外国、アメリカは帰るべき国となって、久しい。

渡米後、最初の四年間は、ケイシーの通っていた大学院のある、小さな大学町で暮らしていた。

その後、同じニューヨーク州内にあるこの村へ引っ越してきた。村外れに広がっている森の中に建てられた家を買って、以来きょうまで、ここで暮らしている。

この家がきっと、わたしたちの終《つい》の住処になるだろう。

庭の片隅にわたしたちの猫が眠っているこの土地を、わたしは死ぬまで、死んでも離れない。死んだあとは、わたしの灰を、猫のお墓のそばに撒《ま》いてもらう。

ここがわたしのふるさとで、これから先、どこへ旅をしても、一刻も早く戻ってきたい場所は、ここしかない。

今朝、わたしはバスルームの鏡の前に立ったまま、一度しか会ったことのない編集者の顔を思い浮かべようとした。

浮かんでこない。髪型も表情も服装もしゃべり方も。印象の薄い人だった。

一作だけ、彼女からの依頼に応えて、アメリカの作家が書いた短編小説の翻訳の仕事をした。作品は文芸雑誌に掲載された。さして話題にはならなかった。

今回は、二度目の依頼だった。

「花森さんといっしょに書き下ろしの長編小説を刊行して、大きな賞を狙いたい。テーマはずばり戦争と平和です」

ちょうど一年前に届いたメールには、そんな一行が躍っていた。

メールと電話で話し合いを重ねて、明治時代にアメリカに渡った日系移民の百年の歴史を、小説の素材とすることにした。

資料を紐解《ひもと》きながら書くのは、決して苦手ではない。これまでにも何作か、書いてきた。あさま山荘事件や、テルアビブ空港乱射事件や、アメリカ同時多発テロなどを取り上げて書いた。一部の読者から、熱い支持を得ることもできた。

「でも、これまでの既刊本を遥かに超えるような大作をお願いしたいです」

わたしはさっそく資料の収集を始めた。

膨大な資料に埋もれながら、書き始めた。

締め切りも出版時期も決まっていた。順調な滑り出しのように思えた。一章が仕上がるたびに原稿を送り、彼女からは「大絶賛です！　このままどんどん進めて下さい」というような返事が届いていた。

ところが、依頼から半年ほどが過ぎて、原稿が全体の半分ほどでき上がった頃から、彼女は妙な態度を取るようになった。

質問や相談のメールを送っても、忙しい、体調が思わしくない、出張が続いている、など、さまざまな理由を付けて、あるいは理由もなく、返信が遅れたり、返信がなかったりする。のらりくらりと、はぐらかされているような気もする。けれど、メールの最後には決まって「よろしくお願い致します」と書かれている。何をどう、よろしくなのか。

原稿を書くために、気力も体力も使い果たしているわたしにとって、これはつらいことだった。返事の催促《さいそく》をするための時間と気力を、原稿執筆のために使いたいと思った。

それでも辛抱強く返事を待ちながら、原稿もじりじりと書き進めていった。

依頼から九ヶ月後、五百五十枚の原稿を完成させて、彼女に送った。

返事はすぐには届かなかった。

「届いていますか」と、何度か、問い合わせのメールを送った。

一ヶ月後、やっと届いた返事には「原稿はいただいています。あと少しお待ち下さい」と書かれていた。いただいていますが、読んではいないということ？　あと少し？

不信感を抱いたわたしは「あと少しとは、具体的に、どれくらいの時間なのでしょうか」とメールに書いてみた。一週間なのか、一ヶ月なのか、一年なのか、と。

返ってきた返事は「二、三ヶ月お待ち下さい」だった。

何を待てばいいのか、最早《もはや》、皆目、わからなかった。

その出版社では、ほかの編集者と組んで、これまでに、少なくない数の本を上梓《じょうし》してきた。売り上げに貢献もしている。

それなのに、この仕打ちはいったい、どういうことなんだろう。

なぜわたしは、足蹴《あしげ》にされ、あと足で砂をかけられなくてはならないのか。

わたしがどんな悪いことをしたというのか。

渦巻きのような問いに対する答えは、ついきのう、判明した。

日本から、エアーメールで届いた封筒をあけると、そこには、杓子《しゃくし》定規《じょうぎ》な詫び状が入っていた。薄っぺらな用紙に、ワープロの横書きで、空疎《くうそ》な下手な文章が綴《つづ》られており、文末に、男性ふたりの氏名がそこだけ手書きで並んでいる。ご丁寧なことに、手書きの名前の下には、ローマ字のサインまで入っている。

滑稽《こっけい》だと思った。

まるで素人が作成した契約書のようではないか。これが、名のある出版社が作家に対してやることか。これが、日本語の本を作っている会社の、しかも編集長レベルの人間の書く日本語の手紙なのか。

読み終えた瞬間、びりびり破って、引き裂いて、リサイクル箱に投げ捨てた。

女性編集者の上司に当たる男性ふたりからの詫び状には、わたしの書いた作品は「出版するに値しないテーマである」と、書かれていた。「文学作品によって戦争を語ることには意味がない」と。

意味がない？

わたしには、意味がわからなかった。文学で戦争を語ることに意味がなかったら、いったい何に意味があるというのか。

失われた時間と労力が、こんな紙切れ一枚で戻ってくるはずもない。

第一、なぜ、わたしは男性上司ふたりから、お詫びをされなくてはならないのか。彼女はなぜ、逃げ隠れしているだけなのか。「そもそもこのテーマは、あなたの会社のあなたの部下が考えて、わたしに提案してきたのですよ」と、言いたかった。

彼女に対する怒りも、ふつふつと湧いてくる。わたしに依頼する前に、なぜ上司の考えを訊いておかなかったのか。こんな浅薄《せんぱく》な上司のもとで、戦争と平和について作品を書いても、うまく行くはずなどない。

これは詐欺《さぎ》だと思った。これは、れっきとしたパワーハラスメントであり、名誉毀損《きそん》であり、契約違反である、と。証拠のメールも多数、残っている。わたしは金銭的な被害も受けている。アメリカなら弁護士を立てて、訴訟が起こせる。勝訴もできるだろう。けれど、相手は日本の会社で、日本人だ。訴訟など、できない。すれば自分が傷つき、損をするだけと、重々わかっている。

だから、泣き寝入りをすることにした。

ただただ情けなくて、くやしくて、悲しい。

精神的苦痛というのは、こういうことなのではないだろうか。

ケイシーには何も話していない。

話せば「きみはまた、事前に契約を結ばないで、先に原稿を書いたのか」と、非難されそうだ。これまでにも似たようなことがあったときに、そう言われてきた。

ただ今回は、似たようなことではあるけれど、費やした時間があまりにも膨大で、彼女の態度や仕打ちがあまりにも理不尽だった。

原稿は、あしたにでも、ほかの出版社に持ち込もうと思った。すぐに検討してくれ、すぐにでも出したいと言ってくれそうな人の顔が、次々に浮かんでくる。とはいえ、出版されるか否かは大きな問題ではない。わたしは金銭的には困っていない。

問題は、わたしの心の中を占めている、彼女に対するこの怒りだ。わたしを裏切り続けていたときにも、会社から給料をもらって、涼しい顔をしていた人。上司ふたりの詫び状があれば、わたしを言いくるめられると思っている人。実に卑劣《ひれつ》な女だ。姑息な女。こんな醜い怒りをわたしに抱かせる、世界一、いやな女。

ため息をつきながらバスルームをあとにすると、わたしは仕事部屋へ入り、パソコンの前に座った。

どんなに意気消沈していても、焦燥感に駆られていても、進めていくべき原稿があれば、進めていかなくてはならない。

それがわたしの仕事だ。

きょうの仕事を始める前に、うつむいて、自分の太ももの上に両手を置く。

ああ、ここに、あの子がいてくれたら、と、切実にそう思う。

あの子は、どこに、いるのだろう。

わたしの猫は、どこに。

わたしがこんな風にうなだれていると、あの子は機敏にそのことを察して、床からぽーんと膝の上に、飛び上がってきてくれたものだった。

それから、喉《のど》をごろごろ鳴らしながら慰めてくれるのだ。

「腐っちゃいけねえ　苦去るまで」「やさしさが　つよさ」だよ、と。

2　紫陽花の館

優しくて強い人。

ケイシーと出会ったのは、今から四十年ほど前、一九八〇年代の半ばだった。

出会った年の八月、ふたりで四国を自転車で旅しているさいちゅうに、羽田発大阪行きの日航機が群馬県の山中に墜落する、という大事故が起こったことを記憶している。

わたしは二十八歳、彼は二十二歳。

小説家志望だったわたしが学習塾との掛け持ちでアルバイトをしていた京都の書店に、彼はお客として、姿を現した。

ハワイ州ホノルルで生まれ育ち、東海岸にある大学を卒業したあと、あこがれの国だった日本へやってきたという日系アメリカ人。父親はアイルランド系で、母親は日本人。彼は流暢《りゅうちょう》な日本語を話すことができた。当時は、英会話学校の講師として働いていた。

まぶたを閉じれば、今でもくっきりと思い浮かべることができる。

ふたりを結ぶ、一本の道。

二月の初めのあの日、広い売り場の一角に立って仕事をしていたとき、ふと、振り返ると、遥か向こうの方からわたしに向かって、まっすぐに歩いてくる、ひとりの男の姿が目に飛び込んできた。マンハッタンの古着屋で買ったという、バットマンのマントみたいなコートを着ていた。

彼とわたしのあいだには、目には見えない道のようなものが延びていて、そこには、遮るものが何もなく、彼はわたしを目指して一直線に歩いてきた。

そうして、店員だったわたしに声をかけたのだ。

「こんにちは。お尋ねしたいことがあります」と。

ほかにも店員は大勢いたはずなのに、遠くからわたしに向かって歩いてきたのは、なぜだったのだろう。やはり、そこに道が付いていたから、としか言いようがない。

「まるで世界にはわたしたちしかいないみたいだった」

本棚以外には家具の置かれていないケイシーの部屋で、初めて抱き合った夜、彼にそう話すと、笑われた。

「メイミー、きみは、話がなんでも大袈裟《おおげさ》だ」

「そうかな」

「そうだよ、でもそれがきみの面白いところだよ、メイミー。僕はきみの、そういうところが好きだな」


彼は初対面のときから、わたしを「メイミー」と呼んだ。

わたしの名前は「真美絵《まみえ》」で、Mamieというアルファベットの表記をアメリカ人が発音すると「メイミー」になるのだと、書店で出会った日に教えてくれた。

メイミーとケイシー。

「外国の童話のタイトルみたいよね」

「なるほど、それは当たってるね。チルチルとミチルみたいな感じかな」

「仲良しのふたりが青い鳥を探しに森へ出かけて、そこで迷子になるんだけど、赤い鳥が出てきて、帰り道を教えてくれる」

「あははは、いつか、きみがそういう話を書いて、本にすれば」

「わあ、夢みたい」

「夢っていうのは、実現するためにあるんだよ」

彼は真顔でそう言った。

そのときわたしたちは、初めてのデートで訪れた、京都御所の玉砂利を踏みながら歩いていた。ベンチに座って休憩し、立ち上がったあとは、どちらからともなく手をつなぎ合っていた。別れ際には次に会う約束をして、キスもした。愛を囁《ささや》く言葉は必要なかった。


恋人同士になると同時に、いっしょに暮らし始めた。

出会いの日から、何度かのデートを経て、ケイシーの借りていたアパートへわたしが引っ越すまで、二ヶ月もかからなかった。何もかもがスピーディに進んでいった。迷いなど、いっさいなかった。何を迷う必要があるだろう。お互いに「探し求めていた双子の片割れに会えた」と、思っていたのだから。

わたしは魚座で、彼は水瓶座《みずがめ》。

わたしは泳ぐべき瓶を見つけ、彼は共に生きる魚を見つけた。

ふたりとも、水に関係した星座なのに、ふたり揃って、恋愛にありがちな湿っぽさは持ち合わせていなかった。いや、わたしの方は大いに持ち合わせていたのだけれど、彼といっしょにいると、なぜかドライになれる。好き、という気持ちに、どろどろしたものが付きまとってこない。

それまでの恋愛において、わたしは常に追いかける側に回っていた。追いかけて、追い求めて、相手に疎《うと》んじられて、やがて破局がやってきた。けれども、ケイシーはわたしを追いかけてくれた。そこが良かった。追いかけられている限り、自分のいやな性格が出てこない。自分で自分を好きでいられる。

そういう人に、初めて会った。

そうして、その年の秋から翌年の二月まで、わたしたちはインドへ行った。

「所持金がなくなるまでインドを旅しよう。鉄道でインドを縦断しよう」

彼もわたしも旅行が大好きで、旅は人生の一部のようなものだった。

「戻ってきたら、わたし、インド旅行記を書く！　沢木耕太郎さんの『深夜特急』みたいな作品。それで作家デビューをする！」

無茶苦茶な計画を立てて、アパートを引き払い、荷物もすべて処分して、住所不定無職になって、インドを放浪した。

インドではずいぶん、危ない目にも遭った。バスに撥《は》ねられそうになったり、マラリアや赤痢にかかって死にそうになったり、何度か大喧嘩をして「これでもう、お別れか」「日本へ戻る飛行機は別々の便になるのか」と、思ったりした日もあった。それでも魚には水瓶が、水瓶には魚が必要だった。

四ヶ月にわたるヒッピー旅行を終えて、京都へは戻らず、東京へ出ていった。

東京の方が仕事のチャンスがたくさんあるような気がしたし、右も左もわからない未知の都会で暮らしてみたいという冒険心もあった。わたしにも、彼にも。

小田急線の新百合ヶ丘《しんゆりがおか》駅から歩いて二十分ほどの場所に、古くて、家賃の安い借家を見つけた。

紫陽花《あじさい》の館。

と、わたしは名づけた。

青い瓦屋根の平屋は、外からは家が見えないほど鬱蒼《うっそう》と茂った紫陽花の木々で取り囲まれていた。部屋は六畳二間しかなくて、狭い台所と狭いお風呂が付いていた。

仲の良いカップルがいちゃつき合って暮らすには、じゅうぶんな広さだった。

就職情報雑誌で見つけた雑誌社にふたりして潜り込み、ケイシーは英文編集者として、わたしは営業事務のアルバイトとして、働き始めた。

毎朝、同じ電車に乗って会社へ通勤し、昼休みはいっしょにランチに行き、帰りもいっしょに帰った。

「あなたたち、いつもくっ付いていて、飽きない？」

会社の同僚から冷やかされて、わたしは首を横に振った。

「ぜんぜん飽きない。むしろ、もっといっしょにいたいくらい」

自分でも不思議でならなかった。

それまで、わたしは誰と付き合っても、深追いだけはするくせに、好きな気持ちは長続きしなかった。追いかけるだけの恋は、執着でしかなかった。ところがケイシーに対する気持ちは、日ごと、夜ごと、成長していく。まさに、恋が愛に変わっていくように。

恋愛という言葉に「愛」が含まれているのは、こういうことだったのかと思った。

彼は彼で、同僚から、

「ケイシーさん、たまには私たちとランチに行きませんか」

と、誘われても、首を縦《たて》には振らない。

「僕はメイミーと行きたい。昼休みは個人の自由時間ですから」

横からわたしが口を挟んだ。

「ケイシー、そんなこと言わないで、たまにはみんなで行こうよ」

本気でむっとしているケイシーが可愛かった。

金曜日が近づいてくると、ケイシーは決まってそわそわしている。

「ねえ、週末、どこへ行く？　山か海かどっちがいい」

暇《ひま》さえあれば、国内旅行に出かけていた。ふたりとも、三度のごはんよりも、旅が好きだった。


紫陽花の館で暮らし始めて、五、六年が過ぎようとしていた。

ふたりとも会社勤めを辞めて、ケイシーは同じ仕事を自宅で請け負うようになり、わたしは雑誌のフリーライターになっていた。

「アメリカへ戻りたい。東海岸にあるどこかの大学院へ入学したい。できればそこで、日本文学を学び直したい」

いつの頃からか、彼がそんなことを言うようになっていた。

「日本文学だったら、日本の大学院の方がいいんじゃない？」

「良くない。僕はアメリカの大学の修士号が欲しい」

「そうなんだ、そういうものなんだ」

アメリカか。

アメリカの東海岸か。

旅をするのではなくて、戻るのか。

遠いな、と、わたしは思った。

彼の生まれ故郷はハワイで、すでに何度か訪ねていたから、それほど遠くない、と思っていたけれど、東海岸となると、地球の反対側だ。飛行機で、十三、四時間かかる。わたしはまだ一度も行ったことがない。

ゆくゆくは、アメリカの大学院へ進みたい、という彼の希望は、出会った頃から聞かされていたから、さほど驚きはしなかった。それに彼は、日本での仕事や生活に疲れているのではないか、と思うようにもなっていた。

「日本には、青い空と広いスペースがない。どこへ行っても人が多過ぎる。田舎へ行っても、景色は都会と同じだ」

彼が会社勤めを辞める決意をしたのも、満員電車に乗るのがいやだから、という理由からだった。

「日本で暮らしていて、日本語もちゃんと話しているのに、僕の外見を目にして

『日本語がお上手ですねぇ』とか『箸の使い方がうまいですねぇ』とか、言われたくない」

そんな愚痴《ぐち》をこぼすようになっていた。

確かに彼の瞳の色は青く、鼻は高く、髪の毛の色はグレイに近くて、皮膚は日本人にしては白い。体格は大柄で、顔も俳優みたいにハンサムだから、どこにいても、目立つ。

「どこへ行っても、匿名性《とくめい》がない、というのは息苦しい」

それはわたしも感じていた。

日本ではわたしたちは、好むと好まざるとにかかわらず「国際カップル」ということになる。そういう視線がときには煩《わずら》わしく、鬱陶《うっとう》しくなる。普通でいたい。目立ちたくない。放っておいて欲しい。一日一度はそういう風に思えるような出来事に遭遇する。

アメリカへ行けば、そういうことは、なくなるのだろうか。

「なくなるよ」

と、彼は断言した。

「アメリカへ行けば、ほとんど全員が国際カップルか、異人種結婚だよ」

「そうなの……」

「そうなんだよ。僕らみたいなふたり、珍しくもなんともなくなるよ。だいたいのアメリカ人は人種ミックスなんだから。人種のるつぼじゃなくて、ミックスサラダだよ、アメリカは。違いがあるのが当たり前」

そういう国で生活ができたら、気持ちいいだろうなと思った。

「それと、女性差別、年齢差別も、日本よりは、ましだと思うよ」

「わあ、それはいいなぁ」

上京後、営業事務のアルバイトとして採用されたとき、本当は「二十八歳まで」という年齢制限に引っかかっていた。たまたま面接をしてくれた人が目をつぶってくれたから良かったものの、情けない思いをさせられたことも事実だった。二十八歳と二十九歳の、いったいどこがどう違うのだろう。

それでも、彼がアメリカ帰国の話をするたびに、

「アメリカかー遠いねー」

と、わたしは小さなため息をついていた。

わたしは英語が得意ではない。読むのも書くのも話すのも苦手だ。アメリカ人の彼と付き合ってこられたのは、彼の日本語が流暢だったから。もしも彼と英語で話さなくてはならなかったなら、付き合ってはいなかっただろうとさえ思える。それよりも何よりも、アメリカという国に対して特に強い関心はなかった。当時のわたしの関心は、アジアに向いていた。

それに、もしもわたしがアメリカへ行ってしまったら、小説家になる、という夢はどうなるんだろう。夢は実現できないまま、遠ざかってしまうだろう。

だから、彼がアメリカのことを話すたびに、漠然《ばくぜん》と、思うようになっていた。

ああ、これで、わたしたち、別れることになるんだな、と。

まるで他人事のように、そう思っていた。自分に深く関係のあることなのに、だからこそ、無責任にそう思えた、ということかもしれない。

五月の終わりのある日、雑誌の取材から家に戻ってくると、ケイシーが言った。

「メイミー、こんな写真が届いたんだけど、見てみる?」

彼は二枚の写真をひらひらさせている。

「アメリカの不動産会社から送られてきたんだけど、この二軒のどちらかなら、僕の貯金で頭金が払えて、ローンも組めそうだって」

「えっ、向こうで家を買うの。借りるんじゃなくて」

「そうだよ」

見せられた二枚の写真には、家が写っていた。どちらも、庭付き、暖炉《だんろ》付きの二階建ての洋館で、まるで外国の絵本に出てくるような家だと思った。

「わあ、可愛いね。こんな家に住めたら、お姫様気分だろうね」

無邪気にそう言うと、彼は畳みかけてきた。

「アメリカへ行って、プリンセスになってみないか」

「え?」

これって、プロポーズってこと?

嬉しいような、ちょっと困るような、曖昧《あいまい》な気持ちを抱いたまま、わたしは写真から顔を上げて、恋人の方を見た。彼はわたしに対してまだ一度も「いっしょにアメリカへ行こう」とは言っていない。もちろん「結婚しよう」とも。

涼しげな笑みを浮かべて、彼は言った。

「僕は、いっしょに来てくれとか、付いてきてくれとか、そういうことは言いたくないし、言わない。だって、メイミーが日本で小説家になりたいってこと、よくわかってるからね。今の仕事だって、気に入ってるわけだしね。だから、こう言う。きみがきみ自身の意志と希望で、アメリカへ行って、しばらく生活してみてもいいって思ったら、いっしょに行こう。僕にできることがあれば、できる限りサポートする。ただし、僕のために行く、というのなら、お断りする」

いかにもこの人らしいプロポーズだな、と、微笑ましく思った。もしもわたしが自分の意志によってアメリカへ行くと決めたら、それもまた旅ってことになるのかな。人生という名の旅。

イエスという言葉は、喉まで出かかっていた。

けれども、わたしは手放しで「イエス！」とは言えなかった。

彼の言った通りで、わたしは曲がりなりにもフリーライターとして、書く仕事を手にしていた。つまり、原稿執筆で生計を立てることができるようになっていた。これはわたしにとって、夢へ続く階段の第一歩だった。

それを捨てて、アメリカへ行ってしまっていいのか。

英語もろくにできないわたしに、アメリカで就ける仕事があるとは思えない。アメリカに住んでいながら、日本語で原稿を書く仕事が簡単に手に入るとも思えない。何事に関しても、決断の早いわたしだったけれど、このときばかりは悩み、迷った。

「いいよ、ゆっくり考えて」

「ごめんね」

「きみが謝る必要はない」

ケイシーは優しくそう言って、ちょっと寂しそうな表情を見せた。

わたしの返事が保留になったまま、彼は着々と帰国の準備を始めた。

大学院の入学願書を取り寄せ、必要な書類を揃えて、日本国内で受けることのできる試験を受け、論文も書き、見事に合格した。

このまま順調に進めば、今年の八月に、彼はアメリカへ帰国することになるだろう。

アメリカ東海岸、ニューヨーク州にある、イサカという名前の大学町。

「町というよりは村って感じかな。何しろ、大学以外には何もないところみたいだから」

「何もないの」

「野原と草原と丘と、あとはなんだろう、ビッグスカイと大自然以外にはね。何もないってことは、すべてがあるってことだよ。それがアメリカだよ」

想像もできなかった、そんな町も、村も、ビッグスカイも、大自然も。

彼ひとりで、何もないのにすべてがあるというアメリカへ。

大海原の彼方へ。

水瓶は魚を失い、魚は水瓶を失う。

それでいいのだろうか。いいのかどうか、わからない。

寂しかった。

こんなに好きなのに、別れ別れになってしまって、いいのだろうか。別れるのではなくて、分かれるだけ、離れるだけ、と、自分に言い聞かせるのも虚しい。虚しくて、空しくて、寂しい。こんなに好きなのに。

好き、という気持ちは、寂しいものなのだと知った。

それでもわたしは「いっしょに行く」という決断を下せなかった。寂しいからと言って、これまでに築き上げてきたものを、無下《むげ》に捨ててしまうことはできない。

七月だった。

まだ梅雨の明けていない、雨降りの日だった。

家のまわりの紫陽花は、青、紺、白、水色、ピンク、紫、赤紫、ありとあらゆる「紫陽花の色図鑑」になって、ぼってりとした花を付けている。葉っぱの裏では、かたつむりが雨宿りをしている。

紫陽花には、雨が似合う。雨は寂しい気持ちに似合う。けれども紫陽花は、決して湿っぽい植物ではない。葉っぱは肉厚で、茎《くき》は枝のように太く、繁殖力が旺盛《おうせい》な強い木だ。花に香りはない。枯れるときにも、花びらを落とさない。そのままの姿で枯れていく。そういう強さが紫陽花の優しさなのだろう。

ふたりで共同の仕事部屋として使っている六畳の部屋へ行くと、ケイシーが誰かと電話で話している声が聞こえた。

「ええ、ひとりです。はい、いえ、あの、僕はアメリカ人なので、アメリカのパスポートになります」

ああ、飛行機のチケットを取ろうとしているんだな、と、わかった。

甘く、低く、ちょっとかすれた彼の声。

ああ、この声、好きだなぁ。

好き、好き、好き。

でも彼はひとりで、アメリカへ帰ってしまう。行ってしまう。

ただただ寂しい気持ちでいっぱいだった。

わたしは、雨だった。紫陽花を濡らしている、わたしは雨だった。

彼に目配せをしながら、自分のデスクの前の椅子に座った。

目の前にはワープロがある。ワープロで書いた原稿を印字してファックスで送る。締め切りは、あしただった。

雨音と彼の声を背中で聞きながら、仕事を始めた。

「ええっと、はい、そうです。片道でかまいません。片道のチケットです」

はっとした。どきっとした。

片道切符。

片道切符で、彼はアメリカへ行きます、と、小学生が作文を朗読するように、そう思った。

帰りの切符を持たない旅をするんだな。

行ったきりで帰ってこないなんて、いいな。もちろん、残されたわたしはすごく寂しいけれど、でもいつか、わたしもそんな旅ができたらいいな。

ううん、そうじゃない。

いつか、わたしも、日本を捨ててみたい。見限ってみたい。「きみがきみ自身の意志と希望で、アメリカへ行って、しばらく生活してみてもいいって思ったら、いっしょに行こう」と、あの日、ケイシーは言ってくれた。

今のわたしは、アメリカへ行きたい、という思いよりも、日本を捨てたいという思いの方が強い。女性であること、女性が年齢を重ねていくことが不利になる日本社会から、逃げ出したい。

たった今、そのことに気づいた。

でも、こんな気持ちで、アメリカへ行っていいのかな。

気が付いたら、電話を終えたケイシーがすぐそばに立っていた。

わたしの肩に手を置いて、こう言った。

「ねえ、メイミー、いっしょにアメリカへ行って、広〜い家に住んで、猫を迎え入れて、いっしょに育ててみないか」

「え、猫？」

意表を突かれた。

なぜここで突然、猫が出てくるのだろう。

ケイシーが猫好きなのは知っている。わたしは犬派だったけれど、でも、動物ならなんでも好きだ。

「うん、猫だよ。僕ね、アメリカへ行ったら絶対、猫を飼おうって思ってるんだ。ここでは飼えないでしょ。自分の家じゃないから。マイホームが欲しいのは猫を飼いたいから。好きな人といっしょに暮らしながら、ふたりで猫を飼う。これって、僕の夢だから」

そんな可愛い夢がケイシーにあったなんて、今、初めて知った。

「夢は実現するためにある？」

「その通り」

運命の猫が降りてきた、と、思った。

青い空から、猫の形をした天使が舞い降りてきた。

わたしに向かって走ってくる、一匹の猫の姿が見える。

しっぽをぴんと立てて、目をらんらんと輝かせて。ふさふさの毛をした、まるでライオンの子どもみたいな、威風堂々としたおす猫だ。

あの猫に会いたいと思った。

あの猫を抱きたいと思った。

肩に置かれた彼の手をつかんで、わたしは言った。

「ケイシー、わたしも行くよ、アメリカへ。片道切符で行く！　自分の意志で」

3　おんぼろ屋敷

一九九二年、八月六日。

わたしたちは成田を飛び立って、ロサンゼルスに到着した。

スペイン語の発音は、ロサンヘルス。意味は天使たち。

天使たちの町からは鉄道を利用して、コロラド州へ数日間、観光旅行をしたあと、デンバーから、ニューヨーク州にある大学町イサカまで、飛行機に乗って移動する。

そんな計画を立てていた。

「いきなり東海岸へ行くんじゃなくて、西海岸でのんびりバカンスしようよ。きみに、アメリカの広さを実感させてあげたいし、僕もアメリカの予行演習をしたい」

そんな誘い方をケイシーはした。

「いいねぇ、予行演習の旅。そもそも旅って、人生の予行演習のようなものだものね」

引っ越しの前にアメリカで国内旅行ができるなんて、なんて、贅沢《ぜいたく》なんだろうと感激し、わたしは諸手を挙げてこの計画に乗った。

「あんな危ない町へ行って、本当に大丈夫なんか」

「おまえだけ、少しあとから行けば」

岡山で暮らしている両親は、昔から無鉄砲で無謀なことばかり繰り返している娘を心配して、電話をかけてきた。

折しも、四月の終わりから五月の初めにかけて、ロスではのちに「ロス暴動」と呼ばれることになる、甚大《じんだい》かつ深刻な大暴動が起こっていた。

きっかけは、無抵抗の容疑者、アフリカ系アメリカ人のロドニー・キング青年に対して、三人の白人警官とひとりのヒスパニック系警官が激しい暴行を加えて、顎や鼻や脚や腕に重度の骨折を負わせ、眼球を破裂させた、いわゆる「ロドニー・キング事件」にあった。事件から一年後の今年、四月二十九日に、白人警官らに無罪評決が下されたため、アフリカ系アメリカ人を中心にした大規模な抗議集会やデモがおこなわれ、それらが暴動化して、警察署への襲撃、果ては、ロス市内の商店街への放火や略奪へと広がっていった。

襲われた商店街の大半は、韓国系アメリカ人の経営する店で、彼らは暴徒に向かって自衛のための発砲を繰り返した。この映像がテレビで流されたために、暴動はさらに激化していった。

「まるで戦争ね」

「暴力は暴力しか生まないんだね」

わたしたちは日本で、肩を落として、テレビ画面に釘づけになっていた。

暴動は、六日間ほどで収束した。

アフリカ系アメリカ人社会で絶大なる信頼と尊敬を得ていた公民権運動家のジェシー・ジャクソンが、韓国系アメリカ人の代表者と会談し、対話による解決を試みる一方で、連邦司法省は、無罪評決を受けた四人の警察官を、公民権法の一項目である「人種差別行為の禁止」を犯したとして、再捜査に踏み切ったことなどが背景にあった。

この暴動によって亡くなった人は六十三名。負傷した人は二千三百八十三名。火災の発生件数は三千六百件にも及んだ。

それにしても、なぜ、黒人の、白人に対する抗議行動によって、韓国系の人たちが被害を受けなくてはならなかったのか。それは、ロス市警が、韓国系というマイノリティの市民からの通報に対して、速やかな行動を起こさなかったからだという。

ことほどさように、アメリカの人種問題は決して、ひと筋縄では行かないものなのだと思い知らされた。韓国系アメリカ人と同じ、アジア系移民となるわたしにとっては、これこそがまさに、アメリカの予行演習のようだった。


ロス暴動の収束から、わずか三ヶ月後。

ロスの空港内には、暴動を感じさせるものなど、名残の砂粒ひとつ、気配の欠片《かけら》すら、残っていない。

明るい、広い、大らか、朗らか。

空港の第一印象を単語四つで表現すると、こうなる。これはのちに、たとえばアメリカのスーパーマーケット、駅、公園、博物館、美術館、レストランなどなど、アメリカの「何か」を見たときに、わたしがいつも発する四単語になる。

どこもかしこも、広々としている。人々の歩き方が、日本人のそれに比べると、ずいぶんゆったりしている。つまり、急ぎ足の人がいない。恰幅《かっぷく》の良い警察官がジャーマンシェパードを引き連れて、笑顔で闊歩《かっぽ》している。

旅行者や一時的な滞在者の出入国とは違って、わたしは永住権申請中の身分だったから、近くにいた係員にその旨を告げると、彼女は言った。

「あなたは、あそこへ」

彼女の指差している方向を見ると、ガラス張りの部屋があり、さまざまな国からやってきたと思われる移民たちがベンチに腰掛けて、所在なく順番を待っている。

「わかりました。ありがとう」

「じゃ、行くね」

そこでいったん、ケイシーとは別れなくてはならないものだと思っていた。ケイシーがパスポート検査を受ける場所は、アメリカ市民専用のセクションだから。

少し、いや、大いに心細かった。ひとりでなんとか切り抜けられるだろうか。拙《つたな》い英語で。

そんな不安を知ってか知らずか、係員はわたしの顔を見てにっこり微笑むと、こう言うではないか。

「あなたのパートナーもごいっしょでいいですよ。ふたりいっしょにどうぞ」

びっくりした。ケイシーも、びっくりしている。

「あの、彼はアメリカ市民で、わたしはそうじゃないんですけど……」

彼女は再び破顔一笑した。

「だから、ふたりいっしょでいいんです。ここはアメリカですよ。仲の良い、平和的なカップルを切り離したりしませんよ。フリーカントリーなんですから」

おそらくそれはジョークの一種だったのだろう。

ここはアメリカ、フリーカントリー、平和的なカップルを切り離さない。

なんて気の利いたジョークなんだろう。

ケイシーも笑っている。

「カップルってさ、恋人と夫婦の、ふたつの意味があるんだけど、僕らはどっちに見えたのかな」

それから、別室のベンチに仲良く並んで待つこと、三十分あまり。

「お帰りなさい！」

日本語に訳すと、こうなるだろうか。

「ウェルカム・バック！」という言葉によって、ケイシーとわたしは共に、アメリカの入国審査官から入国を許可された。

ケイシーにとっては帰国だけれど、わたしにとってはアジア系移民としての初入国である。それでも「お帰りなさい」なんだなと思った。こんなに簡単に、あっさりと、なおかつ、こんなに温かく迎え入れられていいものだろうか、と、違和感を覚えるほどに、入国審査はスムーズだった。

手をつないで、手荷物受取所へ移動しているさいちゅうに、わたしは、それまですっかり忘れていたことを思い出した。

八月六日。

きょうは、奇しくも広島に原爆が落とされた日ではないか。そんな日に、よりによって、落とした国に引っ越してきたわたしって、いったいどういう日本人なんだろう。

ロサンゼルスから列車に乗って、コロラド州デンバーへ行き、三日後からレンタカーを借りて一週間ほど、ロッキー山脈の山あいの村を巡る旅をしたあと、飛行機でデンバーを飛び立ち、ニューヨークシティを経て、大学町イサカにたどり着いた。

ノースウェイロード。

アメリカで、最初の四年間、暮らした通りには、そんな名前が付いていた。

直訳すれば「北の道通り」――。

ケイシーによると「カユーガレイクの北岸にあるストリートだから、だと思う」とのことだった。あたりには、カユーガレイクのほかにも、大中小さまざまな湖があって、それらはまとめて「フィンガーレイクス」と呼ばれていた。縦に細長い形の湖が多かったから、それを指にたとえたのだろう。

指の形をした湖に取り囲まれている陸の孤島、イサカ。

九月から、彼が通うことになっている大学院は、ちょっと変わった名前の、この町にあった。同じ名前の町は、ギリシャにもあるという。「サ」は「tha」なので、日本人には発音が難しい。「サ」と言うたびに、舌を上の歯と下の歯のあいだに挟まなくてはならない。だからときどき、舌を噛みそうになる。

ニューヨーク州の内陸部に位置していて、カナダにも近く、緯度は北海道の札幌と同じ。まさに北国。

「カワバタのスノウカントリーだよ」

と、ケイシーは言った。

川端康成《かわばたやすなり》の『雪国』――イサカ。

冬はすっぽりと雪に覆われ、酷寒《こっかん》の日々が続く。一年のうち半分が冬で、残りの六ヶ月に春と夏と秋がやってくるという。交通の便は極めて悪く、マンハッタンからはバスで五、六時間もかかる。飛行機も本数が限られている。だから、陸の孤島。

勉学に身を入れるには、格好の場所なのかもしれない。

ケイシーから初めて、町の名前や緯度や季節感について話を聞かされたとき、わたしはこう言った。

「ずいぶん寒そう。ハワイ生まれのあなたがそんなところでやっていけるのかな。でも、町の名前には運命みたいなものを感じるなぁ」

「運命か」

運命なんて、メイミーは言葉が大袈裟だよ。そう返されるかと思ったけれど、そのときはまだ、わたしは渡米の決意を固めていなかったから、ケイシーは寂しそうな顔つきで付け加えた。

「あーあ、それがいい運命だといいのになぁ」

わたしが町の名前に運命を感じたのは、わたしの母方の祖母の名前が「伊佐《いさ》」だったから。

家族からは「イサばあちゃん」と呼ばれていた。両親がどちらも会社で働いていたので、わたしは幼かった頃、この祖母の家に預けられていた。たいそう可愛がってもらったという記憶がある。祖母は毎日、わたしを膝の上に乗せて絵本を読んで聞かせてくれ、そのおかげで、わたしは本が好きになり、読書が好きになり、国語や作文が得意な女の子になったのだ、と、これは母がそう言っていた。

祖母の面影を彷彿《ほうふつ》させる名前の町にケイシーが移り住むことになった。そういう運命を、わたしは感じていたのだった。

この「運命」が決して大袈裟な言葉ではなかったのだと、わたしたちはイサカに着いたその日に知らされることになる。

デンバー経由で無事、イサカに到着した、ということを知らせるために、アメリカから日本にかけた電話で、母から知らされた。

祖母は、わたしたちの渡米の前日にこの世を去っていた。九十一歳だった。

「おばあちゃんはな、あんたらを見送って、安心して、大往生《だいおうじょう》したんよ」

「なぜもっと早く、知らせてくれなかったの」

「知らせても、どうにもならないことじゃろ。お父ちゃんとも相談して、あんたらがイサカに着いて、ちゃんと落ち着いてから知らせようと決めたんよ」

母の言う通りだと思った。もしも当日、祖母の死を知っていたとしても、そのために予定を変更して、お葬式に参列することを、祖母は望まなかったはずだ。出発日よりも一週間ほど前に、ケイシーとふたりで祖母に会いに行っておいて良かったと、心の底からそう思った。

「あのときはまだ、あんなに元気だったのに、こんなにあっさりと逝ってしまうなんて」

電話を終えてケイシーに話すと、彼はこう言った。

「確か『死者は誰かを待っている』というような英語のことわざがあったけど、イサおばあちゃんはきっと、メイミーが会いに来るのを待っていたんだね」

イサカへ旅立つわたしたちを見送ってから、天国へと旅立った伊佐という名前の祖母。実は同じその日に、わたしたちの猫は、この世に生を享《う》けていた。イサカの隣村にある農場の片隅で、馬小屋の藁《わら》の中で。

これが運命でなくて、なんだろう。

イサカに到着した日の翌朝だった。

「ねえ、メイミー、ちょっとこのあたりをぶらぶら散歩してみようか」

ベッド・アンド・ブレックファスト、通称「B&B」で、桃入りのパンケーキと、コーヒーと、スクランブルド・エッグスの朝食を済ませたあと、宿の経営者に頼んで洗濯機を使わせてもらっているさいちゅうに、ケイシーが提案した。

「グッドアイディアだね。行こう、行こう」

わたしたちはどんな旅先でも、よく朝の散歩をした。生まれたばかりの朝、前の晩に到着してまだ右も左もわからない、見知らぬ町を歩いてみる。地図も何も持たないで、気の向くままに適当に。そうすると、町の方から一歩、町自身がわたしたちに、近づいてきてくれるような気がするのだった。

大学のオフィスから紹介されて選んだこのB&Bには、向こう一週間、滞在する予定だ。一週間のあいだに、わたしたちは不動産屋を訪ねて、あらかじめ日本で見つけて、仮の契約を取り交わしてあった家の売買契約を締結し、そこへ引っ越しをする。これが目下の優先課題だった。

「わあ、見て、信じられない、この青空」

玄関を出て、ふっと空を見上げただけで、わたしは息を呑んだ。

八月の終わりのイサカの空は、今までに一度も目にしたことのないブルーに染まっている。まさに、ブルースカイブルーと名づけたくなるような、青。もしかしたら、わたしの誕生月の三月の宝石、アクアマリンの色とは、こんな青なのだろうか。

のちにこの青は、去りゆく短い夏、短いがゆえに美しい夏が置き土産として、わたしたちの心に残してゆく天上の青なのだと知ることになる。

「見て見て、この芝生の緑、朝露きらきら。まるでダイヤモンドみたいね」

「わあっ、見て、あのおうち。今にも赤毛のアンが飛び出してきそう」

何を見ても「わあっ」と、無邪気な歓声を上げているわたしのそばで、ケイシーはさっきから何やら考え事をしている。ときどき立ち止まって、腕組みをしたまま「ふーん」と、つぶやいている。

通りの両脇には、家々が立ち並んでいる。

家と家の間隔は、ゆったりと空いている。確実にスープが冷めてしまう距離だ。前庭はたいてい、手入れの行き届いた芝生の庭に、夏の花が咲き揃っている花壇。そこここに、涼しげな影を落としている大木。

二台分のガレージ付きの家が多い。

裏庭で、子どもと犬がボール遊びをしている家もある。

それぞれの家は個性豊かなのに、なんとはなしに、全体的には調和の取れている住宅街。白い家が多いエリアには白い家がまとまって立ち並び、赤煉瓦《れんが》の家が多いエリアには赤煉瓦の家、という風に、ブロックごとに、まとまり感がある。

「ゾーニングって言うんだけど、アメリカではね、住宅街のエリアと商店街のエリアは、厳しく分けられている。だから、住宅街の中には絶対に店はない」

「へえ、そうなんだ、だから、独特な清潔感というか、静謐《せいひつ》感というか、潔癖な感じが漂っているんだね」

猥雑《わいざつ》とか、ごちゃごちゃとか、なんでもありとか、そういう面白さがない代わりに、ピューリタニズムみたいなものが漂っている。

「あ、見て、あんなところに、可愛い教会！」

外国の絵本に出てきそうな教会もまた、住宅街に溶け込んでいる。いろんな宗派があるのか、教会もひとつではない。

いつのまにか、大通りと大通りに挟まれた細い通りに入っていた。意図して入ったわけではない。気まぐれに曲がり角を曲がってみただけ。

「ノースウェイロードっていうんだね、この通り」

通りの端っこまで歩いてきたとき、通りの名前が記されているストリートサインを見つけたわたしは、その名前を読み上げた。

ケイシーからの反応がないので「あれ？」と思って振り返ると、彼は通りのまんなかあたりに突っ立ったまま、一軒の家をじっと見つめている。まさに、凝視しているといった雰囲気で。

「どうしたの」

問いかけながら、ケイシーのそばまで駆け戻った。

ケイシーが見上げている二階建ての家を、わたしも見上げた。

前後左右の家々に比べると、明らかに見劣りがする。古そうだ。壁の色はくすんだベージュで、窓枠は臙脂《えんじ》色。家が新しかった頃は、温かみのある色合いだったのかもしれないけれど、今は、きれいとも、可愛いとも言えない。前庭の芝生には、雑草が交じっている。ガレージの屋根の一部が禿げかけている。

「この家だけ、おんぼろだね。人が住んでいないように見える」

「住んでないね。空き家だ」

おんぼろだけど、大きな家だ。「屋敷」と呼びたくなる。窓の付き方とその数から察するに、リビングルームとダイニングルーム以外に、一階にはふた部屋、二階には三部屋くらいか、合計すると五部屋か六部屋はありそうだ。赤煉瓦の暖炉の煙突も付いている。

「ビッグなおうち。三家族くらい住めそう」

「いや、まあ、アメリカではこれくらいが普通の大きさだね」

「そうなんだ。日本だと豪邸の部類だね」

「どう思う」

いきなりの問いかけ。わたしにはその意味がわからない。

「え、どうって、どういうこと」

「この家を買うっていうのは、どうでしょうかっていう相談だよ」

目の前には、幽霊《ゆうれい》屋敷。屋根の上には、現実離れした青い空。

気持ちがふわっと舞い上がった。

その瞬間、冒険旅行が始まった。


散歩を切り上げて、その足で、町の中心地にある不動産屋を訪ねた。

ケイシーの思惑通り、散歩の途中で見つけたおんぼろ屋敷は、売りに出されていた。

「あなたたちは非常に運が良い。たまたま先週から値が下がったところです」

半年ほど経っても買い手が付かなかったため、売り手は思い切って価格を下げたという。まだ日本にいたとき、仮の契約を交わしてあったテラスハウス風の家に比べると、敷地も家も、ほぼ三倍くらい大きい。それなのに、価格はそこよりも安い。

しかも、家から大学までは歩いて通えるという立地の良さ。

「よし、こうなったら、あの家にしよう」

「しようって……できるのかな、そんな簡単に」

実感も湧かないまま、それでも無事、売買契約を結んだ夜、わたしたちは、イタリアンレストランへ出かけて、ワインで乾杯をした。

「まさか、あんな大きな家が買えるなんて」

「来て良かったでしょ、アメリカへ」

「良かった。あんな家に住めるだけで、幸せ」

「家だけでいいのか。じゃあ、僕の存在はどうなるの」

「女の幸せはね、家付きカー付き男付きだよ！」

「何それ」

その昔、女の幸せは「家付きカー付きババ抜き」と日本では言われていて、ババとはすなわち姑さんのことを指している、なんてことは、ケイシーには教えなかった。

「猫を飼うためにも、家は必要だと思ってたんだ。しかも、でっかい家」

「じゃあ、ケイシー、あなたの場合には、ビッグな家付き猫付き女付きね」

「正解だ」

「女よりも猫が先」

「その通り」

「こいつー」

わたしたちはその夜、幸福を絵に描いたようなカップルだった。

わたしは夢見心地だったけれど、ケイシーは現実主義者だった。

「これから、猫といっしょにおんぼろ屋敷で暮らしながら、壊れているところを少しずつ修理していこうと思う。壁を塗り替えたり、屋根を張り替えたりして、そのほかに必要な改装なども施していって、僕が大学院を修了したときには、家を売って、儲けを得る。安く買って、高く売る。言ってしまえば、あの家は投資物件みたいなものなんだよ」

と、自信たっぷりな表情で、将来の計画を語っている。

「そんなことができるんだ、すごいねぇ」

わたしはただただ感心して、目を白黒させている。ケイシーはいつのまに、一丁前の実業家になっていたんだろう、などと思いながら。

「いろいろと研究してたんだよ。アメリカの不動産投資について。家を売るときにはね、次に住む家を見つけて契約を結んでおけば、納める税金も少なくて済む。投資はね、お金も使うけど、頭を使ってやらなくちゃ」

日本文学が好きで、日本語が好きで、これまでに就いた仕事もすべて語学関係だった、学究肌のケイシーに、投資の才能があったなんて。目から鱗が落ちるような思いを味わっている。人は見かけによらぬもの。見かけによって、人を判断してはいけない。

「あの家で暮らしながら、わたしは小説を書くからね。きっと、小説家になってみせる」

小説家になるために、無理に日本にいる必要はない、と、わたしはすでに悟っていた。どこにいたって、その気さえあれば、夢は実現できる。

「その意気、その意気。僕は全面的にきみをサポートする。きみが稼いだお金は僕が投資で増やしてあげる」

「えっ、増やしてくれるの」

「そうだよ、儲《もう》けるだけなら、誰にでもできる。でも、お金は増やしていかなくちゃ、ただの紙切れのままだよ。投資は冒険の一種」

こうして、わたしたちの冒険的な生活が始まった。

冒険にはリスクが付き物だ。行く手には危険と困難が待ち構えている。ときには、危ない橋だって渡らなくてはならない。

それでも、わたしたちは突き進んでいった。

わたしは三十六歳。ケイシーは三十歳。

わたしたちは、若かった。わたしたちは、幸せだった。若くて、無知で、世間知らずで、怖いもの知らずだった。堪《た》え難《がた》いほどの悲しみなど、まだ一度も、味わったことがなかった。天と地がひっくり返るような悲しみがやってくるなんて、誰に想像できただろう。

八月の終わりから、大学の新学期が始まった。

ふたりとも、とみに忙しくなった。

ケイシーは大学院へ通い始め、大学関係のさまざまな雑事に追い立てられていたし、わたしはわたしで、家の中を整えるために東奔西走《とうほんせいそう》していた。毎日が掃除《そうじ》と買い物の日々。何しろ家が大きくて、部屋数がやたらに多い。どこからどう手を付けたらいいのか、戸惑うほどだった。

日本から船便で送ってあった大量の荷物が郵便局に届けば、それを取りに行くためには車が必要で、車を買うためには運転免許証が必要で、免許証を取るためには「ソーシャル・セキュリティー・ナンバー」——社会保障番号が必要だった。

アメリカでは、運転免許証が個人の身分証明書になるので、免許の取得は必要不可欠で、そのためには、ペーパーテストと路上試験に合格する必要があった。この試験に、覚束《おぼつか》ない英語で合格するのは至難のわざだった。

夏はすでに終わりかけていたし、秋は来たかと思うと、あっというまに去っていった。十一月の初めに粉雪が舞って、解けたり積もったりを繰り返しながら十二月になり、ある日、どっかーんと、まとまった積雪があり、それが根雪になって、それからは毎日が雪との闘いとなった。

予想していた以上に、イサカの冬の積雪量はすごかった。まさに、雪に閉じ込められるという感じ。雪のお城で籠城《ろうじょう》しているという感じだった。

けれど、ケイシーもわたしも、予想していた以上に、雪国生活への適応力は高かった。何しろ家は全館暖房なので、外は酷寒でも、家の中はぽかぽか暖かい。壁には断熱材がしっかりと施されているし、どの窓にも複層ガラスが設えられているから、すきま風も入ってこない。おかげでわたしたちは、大雪の日でも、暖炉で薪《たきぎ》を燃やしながら、半袖のティーシャツで過ごすことができる。

とはいえ、一歩、家から外へ出たら、そうは行かない。

朝、起きたらまずガレージの前の除雪。スコップを使って、せっせと雪の土手を築いていく。チェーンを巻いての走行は禁止されているので、タイヤはスノウタイヤに取り替えなくてはならない。タイヤを購入し、車の修理工場へ行って取り替えを依頼するためにも、相当な英語力が必要だった。わたしの英語力ではまだまだ必要を満たすことができない。ケイシーはケイシーで、大学でやるべきことが山積みになっている。いつまでもケイシーを頼っているわけには行かなかった。


年が明けて、二月の最初の土曜の朝。

「あれ、どうしたの、きょうは行かないの」

外出着に着替えたケイシーがわたしを振り返って、そう言った。

わたしは部屋着のまま、リビングルームのソファーに寝転がって本を読んでいた。

「行かない。ひとりで行ってきて」

「どうして」

「どうしてって、行くのがいやだからよ」

「なぜ、いやなんだろう。大事なことなのに」

「いやなものはいやなんだから、仕方がないじゃない」

思わず知らず、食ってかかるような言い方になってしまう。いけないとわかっていて、いけないことを口にしてしまうのは、わたしの悪い癖《くせ》だ。

家から車で三十分ほど走ったところにある動物保護施設。日本では保健所に相当する施設。捨てられた犬や猫、なんらかの事情があって保護された犬や猫を、一定の期間だけ預かって、新しい飼い主に譲り渡している。しかし、一定期間を過ぎれば、そのあとはどうなるのか、わたしは「そのあと」を想像したくない。

「ねえ、いっしょに行こうよ。きょうこそ見つかるよ、きっと」

ケイシーがわたしのそばまで来て、わたしの手を取った。

優しく手を取られて、わたしはその手を振り払い、声を荒らげた。

「そうかなぁ。見つからないよ、きっと。あなたがどこかで妥協しないと。もう、どんな猫だって、いいじゃない。かわいそうな猫を一匹、もらってくれば、それで済むことでしょ。なのにどうして、いちいち値踏みみたいなことをするわけ」

これまでに三度、施設を訪ねていた。

そのたびにケイシーは「また来ます」と言って、切実に飼い主を求めている、決して少なくない猫たちにくるりと背を向けてしまう。

帰りの車の中では決まって、口論が始まる。

「どうして、こういう、ひどいことができるわけ」

「だって、僕たちの家族になる猫なんだよ。どんな猫でもいいってわけじゃない」

おすの子猫、短毛、と、あくまでも、気に入った猫に出会うまでは妥協しないケイシーに対して、

「猫を選ぶ、という行為こそが残酷だと思わないの？　あなたがそういうことのできる人間だとは思わなかった。あそこで犬や猫たちを見るのもいや。かわいそう過ぎる」

と、感情論をぶつけるわたしだった。

感情的なわたし、理性的なケイシー。

夫婦喧嘩をしても、わたしに勝ち目はない。

「帰り道に、喧嘩をするのもいやなの」

「わかった、じゃあ、ふたりで行くのはきょうで最後ってことにしよう。それでいい？」

「約束だよ。約束は守られなくてはならないものよ」

そう言って、わたしはのろのろと立ち上がり、出かける支度をした。

こういう風に約束さえしておけば、次からは「約束したでしょ、行かないって」と、主張できる。論理的な裏づけがあれば、ケイシーは無理強いはしない。そういう人なのだ。


四度目の正直だった。

ケイシーは期待していたのかもしれないけれど、わたしはなんの期待もしないで、動物保護施設の門をくぐり、ガレージに車を停め、スノウブーツで雪道を踏みしめながら歩いていって、玄関のドアを押しあけた。

もわっとした暖気の中に、獣《けもの》の匂いが混じり込んでいる。

「こんにちは、ようこそ」

カウンターの内側に座っていたスタッフに出迎えられて、コートを脱ごうとしているケイシーの肩に、背後からいきなり、一匹の猫が飛び乗った。

「おっ、おまえ、どこから」

ケイシーはあわてて、肩の上の猫に両腕を伸ばすと、猫の胸を自分の胸に押し付けるようにして抱きかかえている。

猫はケイシーの肩越しに、わたしに顔を向けている。

ケイシーの猫の抱き方の巧さに、わたしは見惚れている。

すかさず、別のスタッフがわたしたちに声をかけた。

「すみません、急に。驚かせてしまって。乱暴な子です」

その人が抱えて持ち運んできた、キャリーケースの蓋《ふた》があいている。鍵を掛け忘れたのか、鍵が壊れていたのか、わからないけれど、猫は蓋を自分で押しあけて外へ飛び出し、たまたま目の前に立っていたケイシーの肩に飛び乗ったのだろう。

「あれはね、僕が選ばれた瞬間だったんだよ。僕が選んだんじゃない。僕はこいつに選ばれたんだよ。連れて帰らないわけには行かないだろう」

車の中で、ケイシーはそう言った。助手席のわたしの膝の上にいる「乱暴な子」に目をやりながら。

行きはふたりだったのに、帰りは三人になった。

フロントガラスの向こうには、おんぼろ屋敷に続く道が見えている。

両脇には、うず高く掻《か》き寄せられた雪の土手。

空から、はらはら、舞い落ちてくる雪。

さらさらの粉雪が真昼の陽の光を受けて、きらきら、輝いている。

空はどこまでも青く、雲ひとつない。

わたしたちは一匹の猫に選ばれて、無上の幸福を与えられ、燦然《さんぜん》と光り輝く、ふたりの人間だった。

4　主はわたしの善である

「たとえば、アメリカンショートヘア。性格はね、とってもフレンドリーで、人なつこいんだよ。ああ、だけど、ロシアンブルーもいいなぁ。おとなしくて、まるで犬みたいに従順なんだよね。あとは、サイアミーズかな。おしゃべりで、甘えん坊で、愛情たっぷりな性格で……」

サイアミーズはシャム猫のことで、わたしも、シャム猫の美しい姿には前々から心を惹《ひ》かれていた。

「猫は短毛に限るよ。毛の長い猫だと、猫の毛アレルギーになることもあるし、家の掃除も大変になる」

「子猫じゃないと、だめなの」

「だめだね。だって、家族の一員になるんだから、小さいときからいっしょに過ごしたいよ」

「おすじゃないと、だめなの」

「深い訳はないけど、なんとなく。男同士で気が合うかなーと思って」

「男同士なのね、猫とあなたは……」

「文句ある？」

「特にないけど」

ケイシーが欲しがっていたのは、短毛のおすの子猫だった。

普段、買い物をしたり、何かを取捨選択したりするとき、さほど強い執着やこだわりを示さず、たいていは「きみの好きにすれば」「きみに任せる」で、あっさり片づいてきたのに、猫に関してだけは頑固だった。

短毛のおすの子猫。

蓋をあけてみれば、我が家へやってきたのは、男の子ではあったものの、生後七ヶ月でほとんど成猫《せいびょう》に近く、ふさふさで、ふわふわの長毛種、ノルウェジアン・

フォレスト・キャットだった。

ノルウェイの森の猫。

その名の通り、祖先はノルウェイの森で生まれ、ノルウェイに伝わる神話の中では、女神の乗った橇《そり》を引いていたという。

がっしりとした骨格。大柄な体格。「ダブルコート」と呼ばれる、二重に生えたロングヘア。北欧の厳しい冬に耐えるためなのか、耳の中にも、肉球のあいだにも、みっしりと毛が生えている。これならイサカの冬にも、難なく耐えられそうだ。

保護施設のスタッフの話によると、去年の夏、イサカの隣村、ドライデンにある農場で生まれ、穀物をねずみから守るための「バーンキャット」として飼われていたという。

年の暮れに農場主が亡くなり、後継者がいなかったため、農場は閉鎖されることになったらしい。飼われていた犬と猫、合計五匹のうち四匹は、それぞれ新しい飼い主のもとへ。一匹だけ、もらい手が見つからなかった子がいて、それがきのう、ケイシーの肩の上に飛び乗った、今は、リビングルームのソファーに腰を下ろしているわたしの膝の上で、ごろごろ喉を鳴らしている、この子だった。

「きっと、乱暴だったから、売れ残ったのね、おまえは」

「良かったな、うちの子になれて」

「あ、違うんじゃない、それは。この子がうちの子になってくれたって言わなくちゃ」

「あははは、そうだった、そうだった。僕らは選ばれし者どもだ」

毛の色は、ダークブラウンとキャラメルブラウンが混じったような、シックで上品な茶色。頬から胸にかけてと、前足とうしろ足が純白。瞳の色は、エメラルドグリーン。勇壮な胸の毛は、ライオンの鬣《たてがみ》を思わせる。いっそ、高貴と言っていい、いや、豪奢《ごうしゃ》と言うべきか。こんな美しい猫が農場でねずみを捕まえていたなんて。

「どうするの、名前は」

「どうするかな、名前を」

ケイシーはわたしのそばで腕組みをして、思案している。

猫用のトイレも砂も、食器もキャットフードも、猫用のベッドも毛布も、猫用のおもちゃに至るまで、去年の暮れから用意してあった。用意できていないのは、名前だけ。

まだ名前のない猫といっしょに、ゆうべは三人で眠った。

真夜中、猫用のベッドからわたしたちのベッドに飛び上がってきたかと思うと、ケイシーとわたしのあいだでまん丸くなった。それまでは、狭いケージの中に閉じ込められたまま、夜になると暖房も下げられる保護施設の片隅で、震えながら、心細い思いをしてきたに違いない。こうして、真夜中でもぬくぬくと暖かい家へやってきて、ごはんを食べ、ミルクを飲み、安心感でいっぱいになったのだろう。

「やっぱり、ブラウニーかな。それともキャラメル？　プディング？　ショコラかな、ココアかな。ココちゃん、なんて可愛いよね」

「きみの発想はどうも偏りがちだ。猫とスイーツを混同してないか」

さっきから、お菓子の名前を連発しているわたしを、ケイシーは諌《いさ》める。

「もっとちゃんとした男性の名前がいい。こう見えてもこいつは、いっぱしの男なんだからさ」

「男っていうよりは、貴公子って感じ」

「たとえば、クラレンス、ダニエル……マイルス、マイケル、ちょっとイメージが違うかな。あ、トバイアスなんて、どうかな、トバイアス、意味は、主《しゅ》はわたしの善である」

「え？　主はわたしの、なんなの」

「善である」

「ゼンって、善悪の善？」

「そうだよ、通称トビー。トビちゃん、なんてどうかな」

そのとき、猫はわたしの膝をぽーんと蹴るようにして、ソファーから床に飛び降りたところだった。

強く蹴られて、太ももが痛い。

「トビちゃんたら！」

思わずわたしは声を上げていた。

猫の名前が決まった。

トバイアス、通称はトビー、または、トビちゃん。

この子は、わたしたちの善である。

異存はないと思った。


「トビちゃん、行ってきま〜す」

玄関のドアの前で、わたしはトビーに呼びかける。ケイシーにかける声とは、明らかに異なっている声で。

ケイシーは朝食を済ませたあと、小一時間ほど前に、大学へ行った。わたしも雑用を済ませて、これから同じ大学のキャンパスまで歩いていく。

わたしの甘い声を二階で耳にしたトビーが「タッタッタッ」と軽快に、階段を駆け下りてくる足音がする。しっぽをぴんと立てて近づいてくると、わたしの足首に擦り寄ってきて「んにゃあ」と、ひと声。

この猫語を人間語に訳せばこうなる。

——行っちゃうの？　ねえ、行かないで。

これだけで、わたしはめろめろになってしまう。

「ごめんね、ちっとも出かけたくないんだけど、でも、行かなくちゃ。終わったらすぐに戻ってくるからね、いい子にして、待っててね」

しゃがんで、トビーの背中をぽんぽんと叩きながら、別れを惜しむ。

――あーあ、つまんないな。寂しいな、ひとりぼっちで。

フレンドリーで甘えん坊の貴公子と暮らすようになって、一ヶ月ほどが過ぎた。

毎日、朝から晩まで、同じことを思っている。

トビーがやってくる前のこの家は、家ではなかった。ただの建造物だった。屋根と天井と柱と、壁と窓と床があるだけの空間だった。トビーが来てくれてから、彼の声や足音や気配がするようになって、ここはやっと、本当の家になった。三人で暮らす家、つまり家庭、つまりホームになった。

うしろ髪を引かれながら、ドアを閉め、鍵を掛ける。

すでに一刻も早く家に帰りたくなっている。まるで、旅に出かける前からホームシックにかかっているみたいに。

全身を包むダウンコート、首にはマフラー、頭には毛糸の帽子、手には分厚い手袋をはめて、スノウブーツを履いた足で歩いていく。さらさらのパウダースノウの固まった雪道が、キュッキュッと音を立てる。

見上げると、まっ青な空。

青い空と白い雪原。この色の組み合わせというか、コントラストというか、その鮮やかさには、いつ見ても目を奪われる。荘厳《そうごん》で、神聖。天上の神様が絵筆から二色の絵の具を使って、世界を塗り分けたかのような雪景色。

大学のキャンパスが見えてきた。

広々とした公園のような敷地内には、犬を連れて歩いている学生もいる。学長が犬好きなせいで、教室内にまで、犬を連れてきていいことになっているそうだ。

わたしの向かう先は、ケイシーが講義を受けたり、講義の手伝いをしたりしているアジア研究部の建物の裏手にある図書館。そこに併設されているコミュニティセンターで、無料の英会話のレッスンを受けている。教えている先生はボランティアで、大学関係者の配偶者や家族なら、誰でも受講できる。

生徒の大半は、わたしのような外国人。圧倒的に女性が多い。つまり、アメリカ人と結婚している外国籍の妻たちが多い。

渡米後、まだまもない頃は、そうか、アメリカの大学って、そこまで移民のことを考えてくれているんだなと感心して、嬉々として通っていた。

日本人と思しき人も、ちらほらいた。でも、声をかけようとは、かけたいとは、思わなかった。なぜなら、彼女たちは幼い子どもを連れていて、子どものいる母親だけのグループを形成していたから。そしてそのグループは、子どものいないわたしを、寄せ付けないような雰囲気だったから。

「考え過ぎだよ、それは」

と、ケイシーは笑ったけれど。

「さあ、みなさん、きょうは楽しい連想ゲームをしましょう！　レッツ・プレイ！」

苗字から察するに、ドイツ系ではないかと思われる先生は、にこやかにそう言って、英語の下手な移民妻たちを見回した。

わたしたちは輪になって座っている。

ああ、またあれか、と、わたしはちょっとうんざりしてしまう。

英語学校でおこなわれる連想ゲームとは。

誰かが心の中に「あるもの」を思い浮かべる。生徒たちは順番に、質問を投げかけていって「あるもの」を当てる。当てた人は別のものを思い浮かべて、またみんなでそれを当てる。この先生が考え出したのだろうか。

きょうはその五回目。

「それは、なんのために使うものですか」

「愛する人のために使います」

「それは、大きいですか、小さいですか」

「どちらとも言えません」

「それは、家の中にありますか、外にありますか」

「中にあります」

わたしの質問の番がやってきた。

「家の中の、どの部屋にありますか」

「リビングルームです」

リビングルームに置かれていて、大きくも小さくもなく、愛する人のために使うものって、いったいなんなのだろう。

輪を一巡しても、正解は出なかった。

先生も、当てることはできなかった。

タイからやってきたという女性から発表された正解は「ミシンです」——。

この答えを聞いたとき、なぜか、英語学校に通うのは、きょうで最後にしよう、と、わたしは決意した。リビングルームにミシンを置いて、彼女は夫のためにせっせと裁縫をしているのだろう。だからどう、ということはないのだけれど、

「なんだかね、無性に馬鹿馬鹿しくなっちゃった。英語が下手っていうだけで、幼稚園児みたいなゲームをさせられて、いい大人がなんで、リビングルームに誰かの

ミシンが置かれているってことを、真剣に考えなきゃならないの！　それにね、わたしが耳にしているのは、下手な発音の下手な英語ばかりでしょ。先生以外はみーんな外国人なんだから。こんな素人学校で、いくら英語を勉強したって、上達はしないと思う。あーあ、やーめた！　きょう限りで自主卒業します！」

夕方、ダイニングテーブルで向かい合って、ケイシーの作った野菜のボルシチと、わたしの焼いたパンを食べながら、わたしは声高らかにそう宣言した。

「やれやれ、困ったもんだね。どう思う、トビーくん」

ケイシーは、近くにいたトビーを抱き上げて、頬ずりをしようとしている。

「トビーのマンマはご機嫌斜めみたいだよ」

マンマはイタリア語でお母さん。我が家では、わたしがトビーにごはん、つまり、まんまをあげる人だから、マンマ。

鼻息も荒く、猫マンマは言う。

「ったくもう、英語なんて糞《くそ》食らえよ。わたし、これからは猫語を学ぶんだ！」

そのあとに小さな声で付け加えた。

「あのね、ケイシーくん。わたしね、子どもがいないでしょ。だから教室でママたちから、のけ者にされているの、肩身の狭い思いをしてるんだよ」

「ほんとか、それは」

「嘘に決まってるでしょ！」

「こいつぅ」

トビーがケイシーの膝の上から、テーブルの上に乗り移った。

ふたりで目を細めて、我が家のひとり息子の姿を盛んに愛でる。可愛いね、いい子だね、なんて可愛いんだろう、なんていい子なんだろう。

わたしたちは幸せだ。この幸せは絶対的なもので、相対的なものだ。

子どもなんて、欲しくない。


「僕が欲しいのは、きみだけだよ。きみの子どもが欲しいわけじゃない。僕という子どもができたせいで、僕の両親はうまく行かなくなって、別れてしまった。子どもは夫婦のかすがいにはならないよ」——シルクのようになめらかな、トビーの背中の毛を撫でながら、わたしはいつだったか、ケイシーが話してくれた「子どもが欲しくない理由」を思い出している。

「母にも父にも、ほかに好きな人がいたのに、僕が高校を卒業するまでは我慢して、仮面夫婦でい続けていた。あれはとてもつらかった。僕のせいで、ふたりは別れられないのかと思うと、僕なんていない方が良かったんだって、思えてしまうよね」

わたしたちはそのときレンタカーでコロラド州を旅していて、モーテルのキングベッドの上に横たわって、わたしはケイシーの背中に散らばっている黒子《ほくろ》を指で押さえながら、その数をかぞえていた。

「きみさえ良かったら、僕たち、結婚しても、一生、恋人夫婦でやっていこうよ。子どものいないカップルにだって、いるカップルとおんなじくらい、素敵な家族が築けると僕は思うよ」――。

胸の中を、優しい風と感情が流れてゆく。

わたしも、ケイシーの子ども、ではなくて、ケイシーが欲しかった。

その気持ちは今も変わらない。

ケイシーとトビーがいてくれたら、子どもなんて、欲しくない。

窓の外では、吹雪が裸木の枝を思うさま揺らしている。

暗闇の中で、突風が屋根に積もっている雪を、ぱぁっと舞い上がらせている。雪の女王様が我が物顔に振る舞っている。

家の中は、春のように暖かい。


「ねえ、メイミー、文学部の学生から教えてもらったんだけど、毎週、木曜日の午後、こんな読書会が開かれているんだって。どうだろう。興味があったら参加してみれば。参加資格は特に、何もないみたいだよ」

英会話の幼稚園を自主退学してしまったわたしに、三月のある日、ケイシーはそう言って、手作りの散らしみたいなものを手渡してくれた。

小さな紙切れに印刷されている文章を読んでみると「フェミニズム・ワークショップへようこそ——女性とジェンダーを巡る諸問題について書かれた本や論文を読んで、みんなで考え、話し合い、討論を通して意識を高めていくための読書会に、あなたも参加しませんか」というようなことが書かれている。

「フェミの会か。でも、討論なんて、わたしにできるかなぁ。幼稚園児の英語力で」

まじめな顔をしてそう答えると、ケイシーは笑った。

「大丈夫。思想は言語を超えるものだから。きみには日本語のほかに、猫語という特技がある。いざとなれば、引っ掻いてやればいいよ」

笑いながら、わたしは言い返した。

「そうだね、猫の猛獣攻撃は、言語なんてやすやすと打ち負かしてしまえるものね。ね、トビちゃん」

普段は隠している爪を、何かの拍子にぴゅっと出して、絨毯《じゅうたん》や柱や、ときにはわたしたちの腕や足に引っ掻き傷を付けるトビーの行為を、わたしたちは「猛獣攻撃」と名づけて、ときには血を流しながら「これは名誉の負傷だよ」「血の勲章だな」などと言い合っている。要は、トビーのすることなら、なんでも許してしまえる、というわけだ。

そして、わたしが魅了されている猫語は、なんと言っても、エメラルドグリーンの瞳と全身で、わたしを射貫《いぬ》くように見つめてくる、この「言葉」——。

無言の猫語。

「じゃ、行ってみるよ。犬も食わない連想ゲームよりは、ましかもしれない」

せっかくケイシーがすすめてくれたのだから、壁の花になっても、お客様になってもいいから、とにかく一度、参加してみようと思ったのは、第一回のテーマとして選び出されていた本の翻訳版を、日本にいた頃、読んだことがあったから。

タイトルは『女の子は誰が作っているのか——教育現場でまかり通っている、男女不平等と男尊女卑の罪』で、名だたるフェミニストとして知られるアメリカ人女性作家が自身の少女時代の体験を基にして書き著した作品だった。

次の日、図書館へ行って借りてきた原書を、三日ほどをかけて読んだ。

翌週の木曜日の午後、おそるおそる顔を出してみたワークショップで、わたしは思いがけない出会いに恵まれた。僥倖《ぎようこう》、と言っていいかもしれない。もちろん、良いことばかりではなかったけれど、わたしのその後の仕事人生に、大きな影響を与えてくれたことは確かだし、彼女のおかげで、開いた扉があったことも確か。

芝崎《しばさき》未影《みかげ》。

去年、新人賞を取って、デビューしたばかりの小説家だ。

「花森さん、どこかでお茶でも飲みませんか」

わたしにとってはあまりにも難解で、途中からは匙《さじ》を投げてしまったワークショップが終わったあと、彼女の方から誘ってくれた。

「あなたも物を書いているんでしょ。だったら同業者ね」

会の初めの方で、わたしは「今は無職ですけど、日本ではフリーライターでした。小説家志望です」と、自己紹介をしたのだった。

「はい、これからは本腰を入れて小説を書きたいと思っています」

「だったら、ちょうどいい。あたしの知っていることで良かったら、なんでもお教えしちゃう。経験者として、いろいろアドバイスができると思う」

わたしよりも十二歳も年下で、体も小柄で華奢《きゃしゃ》で、手足も手首も、ひねればぽきりと音をさせて折れてしまいそうなほど細く、まるで可愛い妹みたいな雰囲気の彼女が急に、頼りになる姉貴のように感じられた。

そのときわたしは、落とし穴に、はまってしまったのだと思う。彼女がそれを仕掛けたわけではない。決してそうではない。でも人はときどき、意図も意識もしないで、人を落とし穴に落とすことができる。

「わあ、ほんとですか。願ってもないことです」

しっぽを振って、わたしは付いていった。

大学内にあるカフェで向かい合って、周囲の目も耳も気にしないで、日本語でしゃべった。久しぶりにたっぷりと、ケイシー以外の人との日本語の会話を楽しむことができた。

彼女は、ケイシーと同じ大学のホテルスクールで経営学を教えているアメリカ人と、日本で知り合って恋愛結婚をし、二年ほど前に渡米したという。小説は学生時代から書いていて、何度か新人賞に応募したことがあり、受賞に至った作品は、渡米後に書いたものだったという。

わたしの目の前に、わたしが夢見てきたことを実現した人がいる。

「この町で暮らすようになって、英語はできないし、友だちもいないし、子どももいないし、彼は家事もちゃんとする人だし、あたしのすることなんてなーんにもなくて、だから小説に集中することができた。だって、この冬でしょう。十一月から四月まで、雪の刑務所に閉じ込められてるわけだから、小説を書くしかない。精神的にも肉体的にも、どん詰まりまで追い込まれたのが良かったんだと思う」

そんな言葉に、大いに励まされた。

わたしもできるかもしれない、と、思い始めていた。この人にできたことだもの、わたしにだって、できるかもしれない。

「きっと、できるよ、花森さんなら。で、どんな作品を書きたいの」

わたしの顔をくいっと覗き込んだ、彼女の瞳の煌《きら》めきがまぶしくて、わたしは何も言えなくなった。

とても若くて、とても美しい人だと思った。若くて美しいから、新人賞が取れたのかもしれないとさえ思った。ついさっき、ワークショップで、わたしは拙い英語で発言したばかりだった。「日本社会は、若くて美人であれば、女性は得をします。

そういうシステムができ上がっているのです。逆はお察しの通りです」と。

「あたしはね、九月が来たら、日本に戻ることになってるの。一時帰国じゃなくて永住帰国よ。彼が日本のホテルで働くことになってて。でも、それまでまだ半年あるでしょ。ね、仲良くしてくれる？」

「もちろん、わたしで良ければ」

「あたし、子どものいる人と、専業主婦は大嫌いなの。夫と子どものお世話とお料理とお掃除が上手なお上品な人たち。ここにもたくさん住んでるでしょ、そういう日本人女性。専業主婦サロンみたいなもの、作ってる人たち」

「実は、わたしも苦手です。あと、子どものいる人、一部だけだけど、すごく苦手。いない人に対する配慮に欠けるから」

「どんな配慮？」

「なぜ産まないの？　って、しつこいでしょ。そんなの、人の勝手だと思うし、逆になぜ産んだのって、訊きたくなっちゃう。産みたくても、産めない人だっているのに。ああ、いやだ、厚顔無恥《こうがんむち》な人たち、大嫌い」

「ええっ、ほんとなの。いいのかな、そんなこと言っちゃって」

「だって、芝崎さんも嫌いなんでしょ」

「あははは、ザッツライ！　子どもを産んだあと、誰々ちゃんママって、呼ばれるようにだけは、なりたくない」

「でも、猫ママにはなってもいいかな」

「あははは、真美絵さん、最高！」

わたしたちはすっかり意気投合し、別れ際にはアメリカ風にハグをし合って、まるで昔から仲の良かった友だち同士のようになっていた。

「ねえ、次はうちに遊びに来ない？　あたしの部屋で、もっとゆっくりおしゃべりしようよ。きょうの続きをしよう。あたし、ケーキか何かを焼くから」

「わあ、嬉しいな。ありがとう、芝崎さん、じゃあ、お言葉に甘えます」

「あ、未影ちゃんって呼んでくれていいよ。あたしも真美絵ちゃんって呼ぶから」

「了解！」

「小学生の頃さ、あたしのあだ名、トカゲちゃんだった。でも、その呼ばれ方、あたし、大好きだったんだ。いっそ、ペンネームを蜥蜴《とかげ》にしようかなって思ったくらい」

「彼からは、なんて呼ばれているの」

「ミカルー。あたしがそう呼べって言ったの。うしろに『ルー』を付けると、どんな名前でも可愛くなるよ、マミルーも可愛いでしょ。うちの旦那はね、おじいちゃんみたいに年上なんだ。でも、可愛がってもらってる。毎日キスしてもらってるよ、子猫みたいにね。おじいちゃんだけど、この人と結婚してアメリカへ行ったら、きっと、面白い小説が書けそうって思って、だから結婚した。パパには猛烈に反対されたよ。だって、パパ以上に年上なんだもん」

この人は根っからのクリエイターなんだな、と、そのときわたしは強くそう思っていた。

面白い小説が書けそうだから、結婚したなんて。

それだけではない。何気ない会話の中にも言葉のセンスが光っている。臆《おく》することなく自分をさらけ出せる。社会に対する批判をユーモラスに語れる。言ってしまえば、わたしにはないセンスを、この人は持っている。そのときにはまだ「嫉妬《しっと》」の二文字は、霧の中に隠れていた。

女友だちができた。アメリカで、日本人小説家と知り合うことができた。こんなラッキーなことって、あるだろうか。

ダイニングルームとは別に、キッチンの片隅にある「ブレックファストヌック」と呼ばれているスペースで、人間たちは丸テーブルを囲み、猫はテーブルの下で、朝ごはんを食べている。夕食はダイニングテーブルで、このときには、猫はテーブルのそば。

さっきからずっと、わたしはケイシーに言い続けている。

ね、すっごいラッキーでしょう。

ラッキーだったのだろうか、あの出会いは、本当に。

あとで、わたしは頭が痛くなるほど繰り返し、そう考えることになる。でも、そのときには、そんなこと、わかるはずもない。

「このラッキーはね。きっと、トビちゃんが運んできてくれたんだよ。トビちゃんは幸運を連れてくる猫なんだから。ねートビちゃん！」

呼びかけながらわたしは、わたしの猫を抱き上げて、日なたの匂いのする背中の毛に顔を埋めた。

朝食を終えて、ケイシーを大学へ送り出したあと、わたしは、一階にある「スタディ」と呼ばれている部屋に閉じこもって、ひたすら小説を書く日々が始まった。

ケイシーの書斎は、リビングルームとダイニングルームとキッチンを挟んで、ガレージの手前にある。キッチンからは、裏庭に面したポーチに出られる。

二階には「マスターベッドルーム」と呼ばれる寝室があり、併設されているバスルームを挟んで、子どものいる夫婦なら、子ども部屋として使えるふたつの部屋。それらとは別個に、だだっ広い地下室と、物置か秘密基地として使えそうな屋根裏部屋まである。

すべての部屋は今や、トビーのテリトリーになっている。

「行ってらっしゃい、気を付けてね」

わたしが玄関でケイシーを見送っていると、トビーはそれが自分に向かって発せられた合図の言葉だと解釈し、重要な仕事であるテリトリーの見回りと点検を始める。

二十四本の髭《ひげ》を「ピン」と音がしそうなほど張り詰めて、一階の部屋から部屋へ、その後、階段を上って、二階の部屋から部屋へ、屋根裏部屋へ、最後に地下室へ降りていって、上がってくる。不審な物体、怪しい気配、危険な臭いがしないかどうか、全身を緊張と好奇心の塊《かたまり》みたいにして、歩き回っている姿が可愛い。本人は至ってまじめに、本気で業務に励んでいるわけだから、笑ったりするのは失礼だとわかっているけれど、

「トビちゃん、偉いね。がんばってるね、きょうもお仕事、ご苦労さま」

ふさふさの毛に覆われているしっぽに声をかけながら、笑いを禁じ得ない。

ふさふさだと思っていたしっぽの骨の先端が一ミリくらい、鉤《かぎ》型に曲がっているのを、わたしたちは知っている。

家中の点検を終えると、トビーは最後に、わたしの籠《こも》っているスタディのドアを

押しあけて、つかつかと入ってくる。ドアはそのために、いつもほんの少しだけ、あけてある。あけっぱなしではだめなのだ。トビーが「押しあける」という行為に敬意を払わなくては。

それから彼は、わたしの座っている椅子のそばにお行儀よく座って、そこからわたしを見上げて「にゃ」と、小さくつぶやくように声を出す。

この猫語の意味は、

——いつまでも、そんなことしてないで、ボクと遊んで。

わたしはどんなに大事な場面を書いていても、そこで執筆を中断し、椅子から立ち上がって、おもちゃを手に、リビングルームへ向かう。リビングルームは、トビーが自由自在に走り回れるよう、家具は最低限しか置いていない。

細長い棒に紐《ひも》が付いていて、その紐の先に鳥の羽根がくっ付いている「猫の釣竿」の、棒を前後左右に振りながら、トビーと遊ぶ。鳥の羽根ごっこ。今はこの遊びが彼の一番のお気に入り。

『わたしの猫、運命』――。

新人賞に応募するための小説のタイトルを、わたしはこう付けた。

京都の書店でケイシーと出会って、インドへの旅を経て、東京からアメリカへ移住し、家を買い、運命の猫と出会って、いっしょに暮らすようになるまでの日々を描こうと決めた。

タイトルが先に決まって、それから物語がやってきた。これまで、どうがんばっても、ひとつの小説を最後まで書き切ることができなかったのは、最初にタイトルを決めておかなかったからかもしれないと思った。名前を付けておかなかったから、愛することも育てることもできなかった、ということだろうか。

きょうも、朝からじりじりと書き進めていきながら、わたしは思っている。

この作品のテーマは、なんだろう。

大仰《おおぎょう》に言ってしまえば、女性と仕事と結婚、だろうか。ジェンダー、仕事論、日米の女性の生き方の違い、国際結婚、あとはなんだろう。日本社会での女性の生きづらさ、ガラスの天井、年齢差別、アメリカで受けたカルチャーショックなども盛り込んでいこうと思った。フェミニズムのワークショップや、外国人妻向けの英語学校のことも、あくまでも面白おかしく、軽妙にユーモラスに。

それから、未影の言葉を思い出す。

テーマについて話したとき、彼女から返ってきた言葉だ。

「素敵！　真美絵ちゃんらしくて、とってもいいと思う。真美絵ちゃんは、あたしみたいに暗い暗い純文学を目指すんじゃなくて、万人から愛される作品を書くべきだと思う。あたしの作品を悪とすれば、真美絵ちゃんは善を目指すべき」

未影はそんな言葉で、わたしを鼓舞《こぶ》してくれた。

わたしはすでに彼女の全作品を日本から取り寄せて、読破していた。暗いというよりも、前衛的、実験的と言える文学だと思った。

「ねえ、書き上がったらぜひ、あたしにも読ませて」

「えっ、読んでくれるの」

「もちろん！　アドバイスもするよ」

「いいのかな、ほんとに」

「いいんだよ、だって、読みたいんだもん」

わたしたちは、指切りをした。

彼女の才能には到底、その足もとにも及ばないということはわかっていたけれど、わたしなりに、書けるものを書こうと思っていた。日本に住んでいた頃から、小説の切れ端というか、断片というか、そういうものは書いてきた。最後まで完成できていない未完の原稿は、フロッピーディスクの中にいくつも収まっている。けれども、今回はそれらをいっさい使うまい、と決めた。

何もかも、まっさらなところから始めよう。

小説家になって、小説を書くことで、生計を立てていきたい。アメリカに住んでいながら、日本で小説を発表していけるような作家になりたい。わたしは、アメリカという「場所」で、日本語の作品を書く作家になりたい。

これはきっと、茨《いばら》の道に違いない。それでもわたしはこの難しい道を選んで、進んでいこう。

午前中の執筆を終え、ダイニングルームの絨毯の上にできている陽だまりの中ですやすや、昼寝をしているトビーのそばで、ランチとして作った、オムレットとトマトとチーズのサンドイッチを食べながら、わたしはふと、思い出した。

日本でフリーライターだった頃、就職雑誌の記事を書くためのインタビュー中に聞いた、ある彫刻家の発言を。

インタビューのテーマは、仕事論だった。

「これは若い人からよく聞く話だけど、最初から芸術家を目指すなんて、自分にはできそうもないから、ひとまず会社に入って、そこで定年まで働いて、仕事をリタイヤしたあとに芸術の道に進みたいんだって。そういうのは、まったく箸にも棒にも掛からないお話だ。考えが甘過ぎる。芸術っていうのは、人生のすべてをかけても極められないものなんだし、そもそも、リタイヤ後のことを考えて就くような仕事には就くなって、俺はそういうアドバイスをしている」

そのときには漫然《まんぜん》と聞き流していた言葉だった。自分が曲がりなりにも小説という芸術を創り上げようとしている今、実感を持って迫ってくる言葉だと思った。

わたしはランチのあと、この発言を小説の中に書き込んだ。何度でも自分に語り聞かせたい座右の銘として。

何度かの雪解けと積雪を繰り返しながら、四月の終わりになって、イサカにもやっと遅い春が訪れた。

「できたよ！　ケイシー！　無事脱稿。やっと、やっと、完成したよ」

その日、大学から帰ってきたケイシーに抱き付いて、わたしは原稿が書き上がったことを報告した。

「あした、コピーを取りに行って、その足で、郵便局から速達で発送するつもり。日本の出版社へ」

ほかならぬ未影が紹介してくれた、彼女自身が新人賞を取った文芸雑誌『彗星《すいせい》』に送るつもりだった。

「そうなんだ。じゃあ、お祝いをしなくちゃね。僕、今からシャンパンを買ってくる」

彼はそう言い置いて、まっすぐにガレージへ向かい、おんぼろ車を動かして脱兎のごとく飛び出していった。

オーブンの中には、ラザーニャが入っている。赤ワインの買い置きもある。それなのに、わざわざシャンパンを買いに行ってくれる夫がいる。ラジオからは、カーペンターズの『イエスタデイ・ワンスモア』が流れている。わたしはその曲に合わせて「ルルルルールールルルルル、ルルール、ルルルールールルールー」とハミングをしながら、バレリーナのようにくるくる回りながら、キッチンからリビングルームへと移動した。

今夜は暖炉に薪をくべて、火の前でまず、シャンパンで乾杯しよう。リビングルームのソファーの上には、トビーが長々と体を伸ばして寝そべっている。

幸福な風景だと思った。

自分がこの風景の一部でいられることが何よりの幸福だ。

この子がいてくれたから、作品を書き上げることができた。

この子に巡り合えなかったら、書けなかった作品だ。

トビちゃん、きみはわたしの最高の善だよ。

初めて獣医さんに連れていったとき、先生から教えてもらった。トビーは、この病院で生まれた。すでに去勢手術を受けている。そしてトビーの生年月日は、わたしの祖母の命日であったと。

運命とは、細い糸と糸が結び付いて、絡み合いながら、一本の強い線になったもの。

病院からの帰り道、わたしはそんなことを思った。

いや、本当は、そうではないのかもしれない。

運命は確かに、細い糸と糸がつながって、でき上がっているものなのだろうけれど、それはとても壊れやすい、壊れやすいがゆえに繊細で儚《はかな》い、蜘蛛《くも》の巣のようなものなのだ。常に繕っていなければ、破れてしまう。獲物が引っ掛かれば、穴があいてしまう。運命とは、そういうもの。

「イージーに事が進んでいくときには、気を付けないといけない。芸術家は、イージーを避けるべきだ。芸術家は常に、「ディフィカルトを選ぶべし」

これもまた、かつてインタビュー中に聞いた彫刻家の発言だった。

わたしがこの発言を思い出すのは、そうして、運命とはなんなのかを知るのは、まだ少し先のことになる。

5　苦節と挫折

喧嘩のきっかけは、些細《ささい》なことだった。

少なくともケイシーにとっては、そうだったはずだ。

今週の土曜日の午後、ケイシーが受講しているゼミの指導教授の家で、ランチタイムにホームパーティがあるので「いっしょに行こうね」と誘われて、わたしは即座に「気乗りしないな。行きたいなら、ひとりで行って」と断った。

そのときは、キッチンで立ち話をしていた。

「えっ、どうして」

「どうしてって言われても、深い理由はないんだけど、なんとなく」

「そんなの、納得できない。理由もなく、なんて」

ホームパーティへはこれまでに何度も、参加したことがあった。その教授だけではなくて、別の教授の家へも、同じ大学院生の家へも、お邪魔したことがあった。別名、ポットラックパーティ。サラダでもデザートでもなんでもいいので、何か一品だけ持参する。

「理由がないと、欠席も自由にできないってこと?」

ちょっと絡んでしまったのは、虫の居所が悪かったから。だけど、その理由に、わたしは目を向けたくないし、ケイシーにも話したくない。

「だって、みんなカップルで来てるんだよ。僕だけがひとりで行ったら、僕らの仲が悪いのかって疑われてしまう」

「疑われたっていいじゃない。仲はいいんだから。何も困ることないでしょ」

「困るよ。だって、きみも招待されてるんだし、みんなカップルで……」

確かにアメリカでは、ホームパーティに呼ばれたら、カップルで出席するのが習慣になっているようだし、当たり前でもあるようだ。けれど、どちらかが行きたくないと思ったら、行かない自由くらいは、あるのではないかと思った。

自由確保のために必要なのは、理由だ。

ケイシーを説得するためには、なんらかの理由を告げなくてはならない。理由なき欠席は、彼には通用しない。それは重々わかっている。

わたしたちは、どちらからともなく、キッチンからリビングルームに移動して、長椅子のまんなかと端っこに、少しだけ間隔をあけて座った。立ち話じゃなくて、ちゃんと座って話そうよ、というような雰囲気になっていた。

「じゃあ、理由を聞かせて」

「あのね、パーティへ行っても、わたしはちっとも楽しくないの。エンジョイできない。リラックスもできない。大学内のあれこれや、専門の研究課題が中心の話題には付いていけないし、英語も下手だし、あなたのお荷物になりたくないの。金魚の糞《ふん》に、なりたくないの」

会話の途中で、相手の言っていることがよく理解できないとき、わたしはどうしても、ケイシーに助けを求める。そういうのもいやだった。

「また、それか。誰もきみの英語のことなんて、気にしてないよ。それに、ここはアメリカなんだから、アメリカの常識に馴染《なじ》んでくれないと、困るよ」

ケイシーの言葉には、かすかではあるけれど、棘《とげ》があると感じた。だから思わず、わたしは声を荒らげてしまった。

「あなたには、わからない。わかってない。パーティの場で、わたしがびくびくしたり、おどおどしたりしているってことが。そういう気持ちで、どうやって楽しめるの。いい加減にして。あなたがひとりで行けば済むことでしょう。わたしは風邪気味なんですって、言っておいてよ！」

自分で、自分の声を聞いて、わたしはびっくりしてしまった。そうか、わたしって、自分が思っている以上に「あのこと」が気になっているんだな。

何もかも正直に話そうか、何も話すまいか、一瞬だけ、迷った。

と、そのときだった。

いつのまに、こんなにすぐそばまでやってきていたのか、わたしもケイシーも言い争っていたから、気づくことができなかった。

足音も立てないで歩いてきて、瞬時に長椅子に飛び上がったトビーが、すとん、と、わたしたちのあいだに着地した。

その「すとん」で、わたしたちは我に返った。迷子になっていた心を取り戻した。こんな不毛な言い争いをしていてはいけないのだ。

トビーは、わたしの太ももに頬を擦り寄せたあと、ケイシーの太ももに右足を軽く乗せて、軽く爪を立てている。しっぽを左右に振りながら。

――やめなよ、やめなよ、喧嘩なんてしないでよ。

と、愚かな人間たちを諫めているかのように。

「おっ！ なんだ、おまえ。桜吹雪の金さんか」

わたしはぷっと吹き出した。

「ケイシー、たとえがださい。いくら侍《さむらい》物が好きでも、金さんはないでしょう」

「じゃあ、刑事コロンボとか」

「コロンボは、夫婦喧嘩の仲裁に入ったりしないでしょ」

「可愛いね、おまえは、猫にしておくには、もったいないよ」

「頭もいいしね、ほんと、いい子だ、可愛い子だ」

などと言いながら、ふたりで交互に手を伸ばして、トビーの頭や背中や喉を撫で始めると、トビーは「それでいい、うん、それでいいんだよ」と言いたげに喉を鳴らし始める。

満足したトビーが去っていくと、ケイシーは立ち上がって言った。

声には笑いが滲《にじ》んでいる。

わたしの頬もゆるんでいる。

「まあ、じゃあ、ひとりで行ってくるか。早めに帰ってくるから、ゆっくり休んで、風邪を早く治して下さい。引いてない風邪を治すのも、難しいと思うけどさ」

「あははは、それはごもっともだ」

これにて一件落着。

窓の外では、裏庭に張り出したポーチの向こうで、赤く色づいたシュガーメイプルの葉っぱがさわさわ揺れている。

枝と枝のあいだに、ブルーの小鳥が見え隠れしている。

幸福の青い鳥、ブルージェイ。

秋風に誘《いざな》われて、ときおり赤い葉がはらはら、蝶《ちょう》のように舞い踊っている。イサカには、目を見張るように美しい、短い秋が訪れていた。

四月の終わりに書き上げた小説を、文芸雑誌『彗星』に送ったのは、五月の初めだった。応募の締め切りは五月末で、一次選考の結果がわかったのは、七月中旬に発売された八月号の誌上。五十編ほどの候補作の中に『わたしの猫、運命』というタイトルがあった。そして、八月に発売された九月号の誌上では、そのタイトルの上にくっきりと、二重丸が付いていた。わたしの作品が最終候補に残ったことを示すマークだった。

ここまでは、予想していた通りに進んだ。

日本のゴールデンウィークに一時帰国をしていた未影がイサカに戻ってきて、いっしょに食事をしているときに、彼女から、こんな話を聞かされていた。

「真美絵ちゃんの作品ね、最終候補に残してあげてって、あたしから編集長に頼んでおいたからね」

「えっ、まさか、そんなこと、できたの」

「まあね。真美絵ちゃんの作品は、第二次選考まで残ったわけだから、実力的にはじゅうぶん行けてるわけ。最終選考に残す作品は、編集部員全員で読んで決めるんだけど、やっぱり編集長の鶴のひと声には効果があるんだよね。でね、前にも話した通り、あたし、編集長とはすごーく親しくしてるんだ。編集長って、あたしの担当でもあるしね。仕事以外でも深いお付き合いもあるしね。だから、推して知るべし、かな」

そのあとには「ふふっ」と、含み笑いが続いた。

裏を読むのが下手なわたしにも、その微笑みの意味は理解できた。知り合ったばかりの頃、初めて彼女の部屋に遊びに行って、手作りのケーキをご馳走になりながら、雑誌『彗星』への応募をはじめとする、さまざまなアドバイスをもらった日、「担当者か編集長とは、一度くらい寝ておくものだよ。それがこの業界で生き残る方法っていうか、賢い世渡りのこつかもしれない」

冗談めかして言っていた言葉の真意は、これだったのだ。

もしかしたら彼女は、ラブホテルのベッドの上で「花森真美絵さんの作品、最終候補に残してあげて」と、編集長の耳もとで囁《ささや》いてくれたのか。

でも、だからどうとは、思わなかった。人それぞれのやり方がある。わたしはわたしのやり方をすればいい。

「末影ちゃん、ありがとう。そこまでしてくれるなんて」

喉に声を詰まらせながら、わたしはお礼を言った。純粋に、友情に感謝したいと思っていた。どういう方法を取ったにしても、それは彼女の、わたしに対する友情から発生した行為なのだから。

編集部の佐藤さんから電話がかかってきたのは、九月の初めだった。

末影は少し前に日本に帰国していた。これは一時帰国ではない帰国だった。

「ご存じのように、花森さんの作品、最終候補に残っています。編集長からの大推薦がありました。正直なところ、僕としては、やや平凡かなという印象でしたが、好感の持てる作品ではありました。直せばなんとかなると思います。このあとの判断は、選考委員の作家の先生方に委《ゆだ》ねられるわけですが、受賞の可否については、十月八日に、僕からお電話を差し上げます。受賞できても、できなくても、お電話はかけます。おそらく、かなり夜遅くになると思いますが、そちらは朝だから大丈夫ですよね」

「はい、大丈夫です」

と、わたしは答えた。

十月九日の「かなり夜遅く」が十時であれば、イサカは午前九時。十一時であれば午前十時。十二時であれば午前十一時。

いずれにしても、ケイシーは朝八時前には家を出る。ひとりで対応できる。正確に言うと、トビーもいてくれる。十月八日を「あした」に控えたその日、わたしは土曜日のパーティには行きたくないと、突っぱねたのだった。

ケイシーに話せば、こう言われたに決まっている。「そんなの変だよ。だって発表は金曜日なんでしょ。受賞できていたら、みんなで喜びをシェアできるし、できていなかったら残念会ってことにすればいい」――。

そんな単純なものではないのだ。

わたしにとっては一生の一大事なのだ。

受賞できていても、いなくても、大して親しくもない人たちとシェアなんてできないし、したくない。こういう意固地で偏屈な性格は、オープンマインドなケイシーには理解できないんだろうなと思った。

でも、トビーだけは理解してくれている、きっと。


トビーは、理解してくれていた。

十月八日の八時過ぎから、固定電話のそばを離れず、いっとき離れてもすぐにすっ飛んで戻ってくるわたしの姿を見て、トビーは何かを察し、何かを理解したに違いない。

午前十時半を回った頃。

東京は夜の十一時半。これはかなり夜遅くよりも少々、遅いのではないか。

なかなかかかってこない電話にしびれを切らして、いらいらして「ああ、もう、だめだったに違いない」と、わたしは絶望的な気分になっていた。

受賞した人に、まっ先に電話をかけるはずだから、落選した人への連絡は遅くなるのだろう。

最終候補に残っていた人は、六人。

選考会場は都内にあるホテルの一室で、選考を終えたあとは、編集者と選考委員の作家たちは全員、ホテル内のレストランでの食事会に参加すると聞かされていた。その会の途中で、佐藤さんは、六人の最終候補者に順番に電話をかける。そういう段取りになっていたはずだ。都内在住の人が受賞した場合には、食事会の会場まで出向いてもらうと言っていた。

あーあ、落選の電話なんて、受けたくないな。

頭を抱えて、リビングルームの絨毯の上に、ぺたんと座り込んだとき、地下の階段からダッシュで上がってくる音がした。「いったい何事？」と思って立ち上がった次の瞬間、わたしは「きゃあああ」と悲鳴を上げた。

「トビー、やめて！　なんてことを！」

わたしの目の前に、ぐったり弱ったねずみが横たわっている。まだ生きている。

鼻をひくひくさせている。なんてかわいそうなことを、と、猫の習性は知っていても、そう思わずにはいられない。これまでさんざん、いたぶられていたのだろう。猫はねずみを殺さない。半殺しの目に遭わせて遊ぶ。それが猫の習性であり、野生の掟《おきて》なのだから、誰にも責められない。

トビーは得意満面で、ねずみとわたしを見比べている。

――どう？　これ、すごいでしょ。ボクが捕まえたんだよ。

普段は野原で暮らしているこのあたりの野ねずみは、秋になると、越冬のための食料を集めるために、家の中に入ってくるようになる。日本では、ねずみなんて、見たこともなかった。

「すごくないよ、かわいそうだよ」

かすれた声でつぶやくと、トビーはなんと、もう一度、そのねずみをくわえると、わたしに向かって、放り投げようとするではないか。トビーの口から、ねずみのしっぽが垂れ下がっている。

「ああ、やめて、やめて、やめてってたら、トビー！」

何をどうすればいいのか、頭は混乱していたけれど、わたしは反射的にキッチンのクローゼットから箒《ほうき》とちりとりを取り出して、ねずみをちりとりに保護し、ちりとりごと外へ持ち出して、玄関前の低木の下に逃がした。ぐったりしていたねずみは、あわてて息を吹き返したかのように、草むらの中へ逃げ込んでいった。さっきまでは、死んだふりをしていたのかもしれない。

リビングルームに戻ると、トビーは何事もなかったかのように悠然《ゆうぜん》と、長椅子の上に寝そべって、毛繕《けづくろ》いをしている。まさに、王者の貫禄《かんろく》。

「トビーったら、いけない子だね。だめだよ、ねずみちゃんをいじめたら」

息を切らして言いながら、トビーの真横に座って背中を撫でる。

獰猛《どうもう》な猫がたちまち、甘えん坊に早変わりする。

トビーの「ごろごろ」を聞きながら、わたしに遅い理解がやってきた。さっきのねずみは、わたしへの贈り物だったのだ。トビーはわたしの不安定な精神をなんとかして慰めたいと思って、とっておきの「貢ぎ物」を持ってきてくれたのだ。

「ありがとうね、トビー。効いたよ、これは」

事実、わたしの気持ちは芯から癒やされていた。電話のあるなし、受賞の可否なんて、瑣末《さまつ》なことではないか。生き死にがかかっているわけじゃなし。何をそんなにくよくよ、うじうじしているのさ。

はーっと、深いため息をついた。

同時に家中に、電話の音が鳴り響いた。

受話器を取り上げると、わたしの耳に声が飛び込んできた。

「おめでとうございます。花森さんの作品が受賞されました」

佐藤さんはそのあとに、作品名を告げた。

『わたしの猫、運命』――。

喜びに満ちた受賞の日とはすなわち、新たな苦悩の始まった日でもあった。

そうして、新たな苦悩は長く続く苦悩でもあった。長く、長く、途切れることなく、長く。

苦節十年、という言葉がある。

わたしは長いあいだ、この言葉は、長く続く苦悩そのものを表しているのだと思っていた。あるとき、何気なく辞書を引いてみたら、そうではなかった。苦節十年とは、十年にも及ぶような、あるいは越えるほど長いあいだ、苦労を耐え忍びながらも、初心を貫徹しようとする、その心根を指して言う言葉だった。

わたしにとっての「苦節十年」とは、明らかに前者だった。

わたしは十年以上の長きにわたって、書こうとしても書けない苦悩、書いても書いても認められない苦しみ、成功している作家に対する嫉妬という名の苦痛を、これでもか、これでもかと、味わうことになる。

新人賞の授賞式とパーティに出席するために、ひとりで日本へ帰国し、アメリカに戻ってきてからすぐに、受賞後第一作となる作品に着手した。

「あと二作、書いて下さい。三作が揃ったら、デビュー作として刊行します」

授賞式の前日に出版社を訪問して、担当者の佐藤さんと、顔合わせと打ち合わせをしたときにそう言われていた。

「新人にとって、何がいちばん重要かと言うと、それは第二作なんです。受賞作を超えるような作品じゃないと、僕はゴーサインは出しませんから、覚悟しておいて下さい」

覚悟はしていたつもりだったけれど、越えられないその壁は、想像していた以上に分厚く、頑丈だった。わたしは、壁に向かって体当たりを試みる、ひよこにさえなっていない卵だった。

イサカで暮らすようになって迎える二度目の冬が来て、春と夏がいっぺんにやってきて足早に去っていき、受賞後一年が過ぎた秋がやってきても、わたしは第二作を書き上げることができなかった。正確に言えば、書き上げて送っても、それが採用されて、活字になることはなかった。

採用されれば、雑誌に載せてもらえる。雑誌に載れば、記者や文芸評論家の目にも留まる。作品評が出れば、それを見て、わたしの小説を読んでくれる人も出てくるのかもしれない。雑誌に載っただけで、賞の候補になることだって、ある。雑誌に作品が載るということは、苦悩から脱却できる最初の一歩。

なのに、その一歩が踏み出せない。

もちろん、本は一冊も出せていない。

書く作品、書く作品、ことごとく没《ぼつ》にされた。「こんなの、小説になっていないです」「何が言いたいのか、まったくわかりません」「第一作の焼き直しでしかない」「今の日本の読者が求めているものとの乖離《かいり》がある」「猫の話はもうやめましょう」――。

理由は、作品ごとに異なっていたものの、結果はすべて「だめです、こんなんじゃ。箸にも棒にも掛からない」だった。

もしかしたら、わたしはただ、佐藤さんにいじめられているだけではないのかと、思うこともあった。まさに、猫にいたぶられているねずみのように。

「考え過ぎだよ、それは。彼はきみの作品の第一読者なんだし、きみの成功は、彼の成功でもあるはずでしょ。彼のこと、もっと信じてあげないと。それよりも、自分を信じることが大事だな。がんばってよ。せっかく舞台に上がれたんだから」

ケイシーはそう言って、慰めてくれた。

手を替え品を替え、慰め、励ましてくれた。叱咤《しった》激励してくれ、鼓舞してくれた。

あるときは「気晴らしに、食事に行こう」と言って、イサカで初めて行ったイタリアンレストランへ、あるときは「ちょっと小旅行へ行こう」と言って、紅葉の名所である小さな村へ。わたしが塞ぎ込んでいると必ず、どこかへ連れ出してくれた。

持つべきものは愛するパートナーだなと、しみじみ思いながら、何度も何度も、種を蒔《ま》くような気持ちで、小説の一行目を書いた。

けれども、その種が芽を出し、葉や蕾《つぼみ》を付け、花を咲かせて、果実になることは、なかった。種は種のまま地中で腐り、根すら出せなかった。

「調子はどう？　佐藤さんのオーケイ、まだ出ないのかな」

ときどき、末影から電話がかかってきた。

彼女は日本帰国後、年上の夫とは別れて、今度は年下の若い人と暮らすようになっていた。その一部始終を書いた作品で大きな賞を取り、押しも押されもせぬ人気作家となっていた。一方のわたしは、新人賞を取ったのに、本も出せていない、ただの素人に過ぎない。

「また没だった。もう、どこがどういけないのか、わからなくなってきた」

「そうだったの、それは残念だったね、くやしいね」

わたしから、電話をかけることもあった。ケイシーもトビーも寝静まっている深夜にぱちっと目を覚まして、昼間の東京で仕事をしている未影に。

「もう、あきらめた方がいいのかな」

「何言ってるの！　そんな弱気でどうするの」

「新人賞なんて、もらわなければ良かった。新人賞をもらったのに芽の出ない人になるより、何ももらわないで芽の出ない人でいる方が良かった」

「ねえ、その苦しみを書いたらどう？　真美絵ちゃんの作品は優しくて、ひまわりみたいに、いつも太陽の方を向いてるでしょ。でももっと、人間のネガティブな側面に光を当てて書いてみると、いいのかもしれないよ。生意気だけど」

「苦しみを、書くの？」

「そうだよ、苦しみをほじくり出して書くの。それが文学でしょ。読者はね、人の幸福じゃなくて、人の不幸を読みたいんだよ」

日本とアメリカに離れ離れになってしまったけれど、わたしたちは相変わらず、いい友だちであり続けていた。末影によると「真美絵ちゃんとは、イサカっていう地縁でつながっている仲だから」――。

それでもわたしは、彼女の成功談を聞かされるたびに、鋭い爪で胸を引っ搔かれて、だらだらと血を流しているような思いに苛《さいな》まれていた。自分は下らない人間だ。そう思った。わたしのことを思いやって、いろいろなアドバイスをくれる「いい友だち」に対して、その友の成功に対して、どす黒い嫉妬《しっと》の念に駆られているわたしって、なんていやな人間なんだろう。

それでも、こんな嫉妬をこそ、書くべきなの？

書けないよ、こんないやな気持ち。

こんなものを小説に書いても、さらに自分が傷つくだけ。

電話を終えたあと、すぐにベッドルームに戻る気になれず、電話のそばに立ったまま、夜の闇を溶け込ませた窓ガラスに映っている自分の顔を見つめていると、いつのまにか、どこからともなく姿を現したトビーがわたしの足首に頰を擦り寄せながら、足と足のあいだを、8の字を描くようにしてぐるぐる回っている。しっぽをぴんと立てて。

——どうしたの、どうしたの、眠れないの、何をそんなに悩んでいるの。

トビーを抱き上げて、わたしは頬ずりをしながら、つぶやく。

わたしって、だめな人間だよね。情けないよね。

でも、トビーがいてくれたら、それでいいの。


新人賞受賞から二年後の夏の終わりだった。

午前中、二時間ほどの執筆、というよりも、空《むな》しい悪戦苦闘を終えて、ランチの前に、郵便受けのチェックに行く。まったく書けそうになくても、どんなに悶々としていても、午前中だけは机にしがみ付いて、ワープロのキーボードを打つ。ランチのあとは、買い物か園芸か読書か散歩。あとは適当にトビーと遊びながら、ケイシーの帰りを待つ。これがこのごろのわたしの日常だった。

ブルースカイブルーの空のもと、裸足で前庭の芝生を踏みながら表通りまで歩いていって、郵便受けの蓋をあけ、中身をつかみ出すと、雑多な郵便物の中に、日本からのエアーメールの封筒が交じっていた。いかにもビジネスレターといった雰囲気を漂わせている茶封筒。わたしの名前と住所の書かれたラベルが貼られている。封筒の下には、文芸雑誌『彗星』を出している出版社の住所が印刷されている。

なんだろう、これは。

毎月、雑誌は郵送で送られてくるけれど、こんな封筒が届いたことはなかった。胸騒ぎを抑えながら、その場でびりっと引き裂いて、封筒から中身を取り出してみた。社名の入ったレターヘッドに印字された文章を途中まで読んで、わたしは「ああ」と声を漏らしながら、空を見上げた。

雲ひとつない、汚れなき、穢《けが》れなき青。

わたしの手にしている、目にまぶしいほど白い文書は『彗星』が休刊になる、つまり、廃刊となる、という知らせを告げていた。

文面の後半は、パーティへの招待状だった。期日は十月の中旬。休刊記念パーティ、というのもおかしな話だけれど、いわば、お別れ会みたいなものだろうか。これまで『彗星』に作品を発表したり、なんらかの賞を受賞したり、その出版社から作品を刊行したりした全作家に対する招待状であるとわかった。出欠の意思を知らせるための返信用の葉書まで同封されている。

行けそうもない、と思った。

いや、行きたくないと、はっきりそう思った。

日本へは先月、実家の母が入院して手術を受けることになったというので、そのお見舞いのために急遽《きゅうきょ》、ひとりで帰ったばかりだった。

十月にまた帰るとなると、飛行機代だって馬鹿にはならないし、日米のきつい時差を思うと、うんざりするし、それらもあるけれど、本音の理由はこうだった。

わたしには、行く資格がない。だって、わたしなんて、作家とは言えないもの。新人賞を取ったのに、なんの実績も出せていない、恥ずかしい新人、ですらない新人紛《まが》いに過ぎない。そういえば、わたしの受賞の翌年に新人賞を取った人は、その受賞作が別の賞の候補にもなり、業界の話題をさらって、華やかにデビューを飾ったのだった。

その日、大学から帰ってきたケイシーに、

「このあいだ帰ったばかりだし、今回は欠席するね」

と話すと、彼もあっさりとこう言った。

「きみが行きたくないなら、行く必要はないと思うよ」

「そうよね、これって、教授のホームパーティじゃないんだから、堂々と欠席すればいいんだよね」

ジョークを返すと、ケイシーは肩をすくめて、大声で笑った。

その声を聞きながら、わたしは思っていた。

ああ、この人と、トビーがいてくれたら、わたしはほかには何も要らないんだ、と。

書けない苦悩は、書いても認められない苦痛は、相変わらず体内に宿っていたものの、わたしはその苦悩と苦痛を手なずけつつあった。苦しみとあきらめの心境の比率がちょうど同じか、あきらめがちょっと勝《まさ》るか、危ういところで均衡《きんこう》を保っている、そんな精神状態になっていた。

「何をふざけたこと言ってるの！　真美絵ちゃん、だめだよ。絶対に、帰ってこなくちゃ！」

その晩、末影に「パーティには欠席します」と手紙を書いて、ファックスで送ると、末影からは間髪を容れず電話がかかってきた。

「こんな絶好のチャンスを生かさないなんて、単なる馬鹿かまぬけだよ。だって、いろんな会社の編集者や編集長クラスの人たちも、うわーっと集まるんだよ。名刺交換をしておいて、あとで作品を送ったらいい。すごいチャンスだよ、これは」

末影は言葉に力を込めて、わたしにパーティへの参加をすすめている。

「うーん、でも、なんとなく……気が進まなくて」

そのあとにわたしは、言い訳をするようにして、

「経済的にも余裕のない生活をしているでしょ。日本へ帰るとなると、まとまったお金も必要だし」

と言った。

実のところ、これは言い訳ではなくて、真実だった。わたしたちの生活費は、ケイシーが大学からもらっている奨学金の一部と、教授のティーチングアシスタント

としてもらっているアルバイト代と、あとは、わたしの貯金の一部を切り崩しながら、捻出している。たまに、知人から依頼された翻訳や雑誌の記事を書いたりして、すずめの涙にも満たない小金を稼いで、なんとかやり繰りしているのが我が家の台所事情だった。

「そんなこと、言ってる場合じゃないでしょ。だったら、だからこそ、帰ってこなくちゃ。ちゃんと営業して、小説家として稼げるようになってやらなくちゃ」

「パーティに出るだけで、うまく行くとは思えない」

「真美絵ちゃん、非常識過ぎる。信じられない、その消極性。小説家になりたいんじゃなかったの。ああ、違う違う、すでに小説家なんでしょ。だったらもっと、根性というか、情熱というか、そういうガッツを持たなくちゃ。闘わないで、最初から負けてるみたいだよ、今のままでは」

そんなこと、あなたに言われなくても、わたしが一番よくわかっている。根性もある。情熱もある。あるからこうして未だに「小説家」にしがみ付いている。しがみ付いていたければ、パーティに顔を出して、自分の売り込み、作品の売り込みをしなくてはならない。わかっているのだけれど、だからこそ、行きたくないのだ。成功している作家たちに交じりたくない、というのが本音だった。最初から負け犬、というのは百パーセント当たっている。

黙ってしまったわたしに、末影は優しい口調で畳みかけてくる。

「ね、チャンスなんだから。ね、真美絵ちゃんはアメリカに引きこもってるから、ほんとはとっても魅力的な人なのに、日本の編集者にはそれがわからないから、だから新規の仕事も舞い込んでこないんだよ。パーティに出て、自分をアピールしなさいよ。真美絵ちゃん、大人だし、優しいし、美人だし、絶対にモテるよ、おじさん編集者たちに。あたしが保証する。『彗星』がつぶれて、かえって良かったんだって思えるようになるよ。素敵なおじさんをちょこっと誑《たぶら》かせば、おじさんが泣いて喜ぶような大傑作が書けるよ」

「傑作を書くために、おじさんと寝るの？」

「そうだよ、それが小説家だよ。それくらい、やってみせなさいよ」

「それで幸せになれるかなぁ」

「なれるに決まってる。さあ、日本へ帰ってらっしゃい！」

未影からさんざん、けしかけられて、わたしはとうとう切り札を出した。

本当は、言うべきことではなかったのかもしれない。でも、もうこれ以上、胸に納めていることはできない。堪忍袋《かんにんぶくろ》の緒が切れた、ということかもしれない。彼女に対する怒りなどでは毛頭なく、それはおそらく、彼女と対等になれない自分に対する怒りであり、同時に、自己防衛、自己正当化の一種でもあったのだろう。

「あのね、未影ちゃんと違って、わたしは小さな幸せがあれば、それでいいと思ってるの。不幸を書いてまで、小説家でいなくていいって思ってる……」

幸せでいてはいけませんか。辛うじて、捨て台詞《ぜりふ》をわたしは押しとどめた。

一瞬、電話線の向こうで、未影が表情を強張らせた、そんな気配がした。

未影は、年下の人と別れたあとも、さまざまな人と刹那《せつな》的な恋愛をして、傷ついて傷つけられて、その傷を作品に書いて、成功の階段を駆け上っていた。他人の不幸は蜜の味、ということを知り抜いている、彼女はプロの作家だった。

「不幸を書いて成功するよりも、成功しない幸福を選ぶってこと？」

「……そういうことになるのかな」

「わかった。よくわかった。真美絵ちゃんは所詮、小説家にはなれないね。ならない方がいいよ。わかった。じゃあ、切るね」

電話はぷつっと切れた。

切れたのは、電話だけではなかったのだと覚《さと》った。


捨てる神あれば、拾う神あり。

パーティには欠席したけれど、時期を同じくして、ある文芸誌から短いエッセイの依頼が届いて、その原稿を送ったあとで「短編小説を読んでいただけませんか」と、打診してみたところ「ぜひ、読ませて下さい」と、色好い返事がもらえた。

いかにもやる気のありそうな、若い女性編集者だった。文芸編集者の大半は男性だったから、彼女は紅一点として、人一倍がんばっているのだろう。

藁《わら》にもすがるような思いで、クローゼットの中に仕舞い込んであった没原稿入りの段ボール箱を引っ張り出して、何編かを選び出し、書き直しを試みた。

そのうちの一編に『わたしの猫、幸福』とタイトルを付けて、彼女に郵送した。

待てど暮らせど、返事は届かなかった。

返事がない、ということは「却下します」が返事なのだろう、と、あきらめかかっていたその年の暮れ、深夜にファックスが作動して、彼女からの手紙が機械からするすると滑り出してきた。

「社内調整に時間がかかって申し訳ないことでしたが、花森さんの『わたしの猫、幸福』の掲載が決まりました。来年の三月発売の四月号となります。ゲラにする前にいくつか、書き直していただきたいポイントがありますので、近日中にそれらをまとめた文書をお送りします。届いた頃に、電話で打ち合わせができたら幸いです。一月中旬頃の、ご都合の良い日時をお知らせ下さい」

わたしは、ぺらぺらでつるつるのファックス用紙を手にして、階段を駆け上がっていくと、ベッドで熟睡しているケイシーの肩を揺さぶって起こした。そうしないでは、いられなかった。ケイシーが目をこすりながら手紙を読んでいると、床からトビーが飛び上がってきた。

三人で「幸福の手紙」を読んだ。

翌朝、イサカに、スノウストームがやってきた。

雪の女王と冬将軍が競い合うように荒れ狂って、家全体がかまくらになったのかと思えるほどの積雪があった。雪で大学の授業はすべて休講になり、雪のお城の中で、暖炉に薪をくべて、ケイシーとトビーとわたしの三人は、ごはんやおやつを食べたり、昼寝をしたり、おしゃべりしたり、音楽を聴いたりした。

幸せだった。

ただ、みんなでいっしょにいるだけで、幸せだった。

小さな幸せが三つ重なって、大きな幸せを形作ってくれていた。

ケイシーの幸せ、トビーの幸せ、わたしの幸せ。

わたしの幸せには「これで、仕事もうまく行き始めるのかもしれない」という、ひとすじの希望の光が射し込んできていた。

トビーはただここにいて、ここで生きているだけで、幸せそうに見えた。

ケイシーは。

ケイシーはそのとき、おそらく、幸せではなかったはずだ。彼は幸せではなかった。幸せそうに見えてはいたけれど、そこには苦悩の影が忍び込んできていた。彼は挫折を味わっていた。味わわされていた。それは、彼の人生における最大の挫折であったに違いない。自分の仕事がうまく行き始めていたわたしには、そんな影など、まるで見えなかった。感じることもできなかった。

幸せは、人の目を曇らせる。

幸せは人を傲慢《ごうまん》にさせ、鈍感にさせる。

末影の言ったことは、正しかった。不幸から目を逸らして生きようとするわたしは、所詮、小説家にはなれない人間なのだった。

6　森の修道院

ああ、この「青」は、あの日、あのとき、初めて目にした青だ。日産パスファインダーという名の自家用車の助手席から、フロントガラス越しに空を見上げて、わたしは思い出している。

四年前の夏、イサカに到着した翌朝の空を。

真っ青な海の色、と、言葉では表現したくなるけれど、これは海の青ではない。海の青はもっと深くて、そこには情感や憂いや陰影がある。こんなにも無防備で、純粋無垢《むく》で、危ういほどの透明感のある青ではない。これは、天上の青、としか言いようのない、天国の青、としか言いようのない、言ってしまえば「青空色の青」だと思う。

ブルースカイブルー。

あれは、八月の終わりだった。短い夏が「さようなら」の代わりに残していこうとしているような青だった。

今は十一月の終わりで、夏はとうに過ぎ去っていったはずなのに、きっと、忘れ物を取りに戻ってきたのだろう。

インディアンサマー。

秋の終わりか冬の初めに突然、夏みたいに暖かい日が戻ってくる。日本語で言う「小春日和」に、英語ではそんな名前が付いている。

あたりの樹木はすっかり木の葉を落として、裸木になっている。無数の枝と枝のあいだから路上に、青空色の青が光の粒を降り注いでいる。

「さあ、みなのもの、出発するぞ！」

運転席に座っているケイシーがエンジンをかけると、わたしは膝の上に置いているバスケット型のキャリーに向かって、声をかけた。

「トビちゃん、出発だよ。森の家に引っ越しするからね！」

「上を向いて、歩こおおお」

「だめだよ、ケイシー、前を向いて、あああああん全運転」

ふさげ合って、肩をつつき合ったあと、わたしは振り返って、三人で四年あまり、暮らした家に視線を向けた。

さようなら、わたしたちの家。

日本からアメリカに引っ越しをして、この町で買った初めてのマイホームはすでに遠景になっている。

イサカの家を売って、同じニューヨーク州にあるベアーズビルという町へ引っ越しをする。話し合って、そう決めた今年の二月から、三ヶ月ほどをかけて、壊れかけていたところを修理し、ポーチや庭を整備し、最後に、ベージュだった外壁を真っ白に塗り替えたら、まるで新築同様のぴかぴかの家になった。

買い手はすぐに付いた。大学関係者だった。買ったときの価格の二倍以上の価格で取引が成立した。

修理費用にお金がかかっているので、実質上の儲けはそれほど出なかったものの、売却金を上回る価格の家を購入することによって、税金の一部が免除されるという制度があり、わたしたちはそれを利用して、新しい町に、新しい家を買うことができたのだった。

結果的に、この不動産売買は大成功だったと言える。

ケイシーは、失いかけていた自信を取り戻し、崩れかけていた人生設計を立て直すことにも成功した。

「きょうは長〜いドライブになるからね、トビちゃん、ごめんね」

キャリーの出入り口を少しだけあけて、わたしはトビーの喉のあたりをくすぐる。

普段ならこれで「ごろごろ」が始まるところだけれど、今はそうはならない。トビーは全身を強張《こわば》らせて、低く唸《うな》っている。狭い箱に閉じ込められていることへの抗議を表明しているのだろう。これから、大嫌いな動物病院へ連れていかれるのだろうと、思っているに違いない。

「獣医さんじゃないよ。引っ越しだよ。トビちゃんの新しいおうちへ行くんだよ」

「そのうち猫オペラが始まるぞ。さて、トビー様、本日の演目はなんでしょうか。

『フィガロの結婚』か『魔笛』か、はたまた『ラ・ボエーム』ですか」

「あ、『蝶々夫人』かもしれないね。『カルメン』でもいいけど」

車に乗せると、トビーは必ず「あーあーなーなー」と叫び始める。最初の「あー」は低く、それに続く「あー」は転調したかのように高くなる。これが波のように延々と続く。わたしたちは「猫オペラ」と呼んでいる。

ひとしきり「あーあーなーなー」と叫んで、これでは埒《らち》が明かないと悟ったあとは「なーえーなーえー」と、声色に変化が出てくる。この声はそのまんま、英語の「No way＝とんでもないことだ！」に聞こえるので、ケイシーからは「なんだ、おまえ、英語しゃべれるんだ」なんて言われて、トビーには申し訳ないけれど、わたしはつい笑ってしまうのが常だった。

でも、きょうは、笑えない。

イサカから、引っ越し先のベアーズビルまで、かかる時間はおよそ三時間半。ただし、途中で運転交代や休憩もしなくてはならないし、新居に到着する前に弁護士事務所に立ち寄って書類にサインし、家の鍵を受け取る、という用事もあるので、トビーは今から五、六時間、キャリーの中で、飲まず食わずの状態になる。これは本人の意志によって、そうなる。大胆で冒険好きな性格の持ち主である反面、神経質で繊細なところもあるから、キャリーの中では昼寝などしないだろうし、トイレも本人の意志により、終始、我慢することになるだろう。トビーは、自分の使い慣れたリターボックス以外では、用を足さないから。

始まったばかりのオペラを聴きながら、わたしはケイシーの横顔に向かって言った。

「いろいろあったけど、結果が良ければすべて良しだよね」

「シェイクスピアだね。それを言うなら、終わり良ければすべて良しでしょう」

All's well that ends well.

「ううん、それは違うよ。だって、これって、終わりじゃなくて、始まりだもん。そうでしょ」

「おっしゃる通りだ」

車は大学町を出て、急に民家が少なくなった田舎道を走っている。この道を走っているときには、ジョン・デンバーの『テイク・ミー・ホーム、カントリーロード』をつい口ずさんでしまう。歌詞とは反対で、わたしたちは、住み慣れた町から出ていっているわけだけど。

ついさっき、町外れにある動物保護施設のそばを通り過ぎたところだ。まだトビーに出会えていなかった頃、喧嘩をしながら、何度も訪ねた施設。

しばらく走ると、トビーの生まれた隣村があって、周辺にはふたりで何度も出かけたワイナリーやレストランやファーマーズマーケットなどが点在している。なだらかな丘に囲まれた、湖や滝のある美しい町だった。気持ちはもう過去形になっている。冬は厳しかったけれど、春夏秋のなんと饒舌《じょうぜつ》で華やかだったこと。

愛着は、あると言えばあるし、ないと言えばない。

町や家には、思い出も愛着もたっぷりある。大学には、なんの未練もない。ケイシーを切り捨てようとした象牙の塔を、わたしたちの方から捨ててやったのだと、わたしは思っている。ケイシーもそう思っていたらいいな。

目の前には、空と、空に向かって続いている一本道。まるで、道自身が意志を持って、延びているかのように見える。

ケイシー、今、幸せ？

声には出さないで、わたしはつぶやく。

わたしは幸せだよ。

ケイシーの抱えていた「不幸」にわたしが気づいたのは、去年の秋だった。もっと早く気づいてあげていれば良かったなと思う。

わたしは、自分のこと、すなわち、小説家として成功することにばかり気を取られていた。パートナーとして失格だ。

思い返せば、ケイシーという人は、わたしにとって常に、どっしりと安定した幹を持った、落ち着きも風格もある大木であり続けてきた。一方のわたしは常に揺れ動いている、不安定な小枝の寄せ集めみたいな存在で、ちょっとした悪天候によって容易に折れてしまう、弱くて頼りない幹しか持っていなかった。すぐに感情的になるわたしとは対照的で、ケイシーは理性の人であり、物事を客観的に見て判断できる人だった。

だから、半ば本能的に、わたしはケイシーといると自分が安定すると思ってきたし、頼りにもしてきたし、大木と小枝の相性は抜群だと思い続けてきた。

相性こそが夫婦愛。

そんな風にも思っていた。

しかし、これは至極当然のことだけれど、人間にはいろんな側面がある。陽の当たる領域があれば、そこには必ず影ができる。大木が揺れ動いても、小枝が折れないことだってある。こういう性格だからこういう行動をする、なんて、誰にも言い切れない。そもそも、人の性格をひとことで言い切るなんてことは不毛だと思うし、本人にだって、自分の性格を百パーセント理解できているとは言えないのではないか。

大学の雑事から解放されていた楽しい夏休みが終わって、新学期が始まったばかりの頃だった。イサカで迎える四度目の九月。

ふと気が付いたら、このごろ、ケイシーの笑顔を目にしていないなぁと、思うようになっていた。

会話にも態度にも、特に大きな変化はないものの、なぜかいつも、ちょっと寂しそうな顔をしている。浮かない顔つき、というか、心ここにあらず、と言えばいいのか。でも、まったく深刻には受け止めていなかった。わたしが深刻になるのは、例によって、自分の仕事のことだけだった。

「どうしたの、何かあったの」

尋ねても、返ってくる答えは同じだった。

「特に何もないよ、どうして、そんなこと訊くのかな、考え過ぎだよ」

その日も、無理やり作った笑顔でそう言うので、わたしはちょっと意地悪な気持ちになって、言い返した。心配しているのではなくて、喧嘩を売ろうとした。

「ねえ、ケイシー、あなた、今、幸せなの。なんだか不幸そうに見えるよ」

答えは返ってこなかった。

代わりにこんな発言が飛び出してきた。

「大学ってさ、僕には向いていないって気がしてきた。教える仕事は、自分には合わない。大学院を出て、大学の先生になるってことに、情熱が持てない。こんなこと、いつまでも続けていていいのかな。消耗していくような気がする」

びっくりした。予想も想像もしていなかった。大学で何かがあったのだろうか。

ケイシーは大学院で研究する学生であると同時に、学部生たちの指導にも当たるようになっていた。去年から、日本語のクラスも複数、受け持っている。

「大学がいやだってことは、僕はアンハッピーであるってことになるのかな。きみの言う通り、今の僕はハッピーではないのかもしれないな。でも、心配しないで。なんとかがんばってみるから」

そのとき初めて、わたしは「ケイシーは不幸なのだ」と悟った。

ケイシーの言う「アンハッピー」と、わたしの思う「不幸」には、微妙な違いがあるようにも思える。それはどんな違いなのか、と問われても、わたしには答えようがなかったけれど。

「大学の、どういうところがいやなの」

「それはまあ、いろいろ……狭い世界だしね、あとは、大学生って言っても、中身は『子ども』だろ。子どものお世話って疲れるよ」

確かに、うちには学生たちからしょっちゅう電話がかかってくる。電話を終えたあと「もう、勝手なことばかり言いやがって」と、ケイシーが舌打ちをしていることもある。

それでも、わたしはまだ、小説家としてまともにお金を稼ぐことができるようにはなっていない。だから、ケイシーが大学を辞めてしまったら、わたしたちはこの先、どうすればいいのだろう。

思考はそこで止まってしまう。

おそらくケイシーも同じだったのだと思う。

この話題はそれ以降、ケイシーからは出なかったし、わたしからも出さなかった。ケイシーのアンハッピーがわたしたちに何をもたらすのか、考えるのが怖かった。

そして十二月がやってくる。再び「この話題」が姿を現す。

十二月の初めの土曜日、わたしは朝から、リビングルームの窓辺に置いたクリスマスツリーの飾り付けに余念がなかった。

ケイシーはソファーに寝そべって、本を読んでいた。彼の好きな作家、村上春樹が夏に出した『ねじまき鳥クロニクル　第3部　鳥刺し男編』――。

ケイシーのお腹の上にはトビーが陣取っている。熱心に毛繕いをしている。前足を舐《な》めて、その前足で顔を擦《こす》る。それから「猫ヨガ」をして、うしろ足、しっぽの順に舐め、最後に前足に戻る。

暖炉では、薪が赤々と燃えている。ときどき、炎がぱちぱち、音を立てて弾けている。これって「幸せの構図だな」と思いながら、わたしは問いかけた。

「ねえ、今年はどうする」

クリスマスの休暇には例年、父親と継母の暮らしているハワイ経由で日本へ行くか、日本へ先に行ってから、ハワイ経由で戻ってくるか、どちらかの行程で里帰りの旅をしてきた。わたしとケイシーが家を留守にしているあいだ、ロンドンからケイシーの母親がやってきて、キャットシッターを務めてくれる。もちろん、その前後に、彼女とわたしたちはここでいっしょに過ごす。

「どっちにするかな、今年は。全部、スキップしてもいいかな」

本から顔を上げないで、ケイシーはそう答えた。あらかじめ決めてあった答えのようにも聞こえた。

「えっ！」

思いがけない返答に、わたしは目を丸くした。

「スキップって、じゃあ、どこへも行かないってこと？　日本へもハワイへも」

「そういうこと」

「でもそれじゃあ、あなたのお父さんとお母さんが納得しないでしょう。うちの親はぜんぜん平気だし、わたしもまったく問題ないけど」

それは事実、その通りだった。

クリスマスの休暇にひとり息子に会える日を、ホノルル在住の父親と、ロンドン在住の母親はそれぞれ、一日千秋の思いで待ちわびているはずだ。片やうちの両親は「年末年始のばたばたする時期に無理に帰ってこなくていい。何か用事があるときに、ついででいいから」と言っている。クリスマスは静かにここで、三人水入らずで過ごせたらいいのにな、というのがわたしの本音だった。

「なぜ？　何か理由でもあるの」

「なぜって、ただ、僕がそうしたいなーって思ってるだけだよ」

ちょっとした胸騒ぎのようなものを覚えて、わたしはツリーのそばを離れ、ケイシーの寝そべっているソファーを背にするような格好で、絨毯の上に足を投げ出して座った。

顔を合わせない形で、問いかけてみた。

「ねえ、何か特別な理由があるんだったら、教えて」

胸騒ぎを覚えたのは、一、二週間ほど前に、ケイシーが誰かと電話で話していて、その電話が妙に長く続いていたことを思い出したから。しかも、電話で誰かと話していたとき、ケイシーは、薪を燃やしていない、空っぽの暖炉の前に座り込んでいた。どう考えてもあれは不自然だった。

「実はね、隠していたわけじゃなくて、なんとなく話しづらかったから、そのままになっていたんだけど」

わたしは振り向いて、ケイシーの方を見た。

同時に、トビーがケイシーのお腹を蹴って、絨毯の上に着地した。

大事な話が始まる、いい話じゃない。直感でそう思った。

平静を装って、わたしは笑顔を作った。

「教えて。隠していたとしても、怒ったりしないから。大丈夫だよ」

気のせいかどうか、わからないけれど、ケイシーの顔色は良くなかった。青ざめているというか、いつもに比べて生気が抜けている、というか。きっと、ひとりで問題を抱え込んで、ひとりで悩んできたんだなと思った。それは、あの日のあの電話に関係したことだったに違いない。

「長い話を簡単にまとめると、僕、大学を馘《くび》になった」

本は読みかけのページが開かれたまま、胸の上に置かれている。

「馘って何よ。どういうこと」

「おまえはもう大学院を辞めろって、来年からはもう来なくていいって、教授会で決められちゃった」

ちょっと剽軽《ひょうきん》な表情になって、両手を上に上げて見せている。あたかも「オーマイガーッド＝お手上げです」と言わんばかりに。

案外、すでにある程度は吹っ切れていたのかもしれない。吹っ切れていたからこそ、わたしに話そうという気になったのだろう。

「僕はとても不幸だった。不幸だったから、きみに不幸を伝染させたくなくて、黙っていた。でも今は違うよ」

そのあとに続いた話を聞いて、わたしの顔は赤く染まった。

怒ったりしないと言っておきながら、わたしは怒った。ケイシーに対して、ではなくて、大学に対して、担当教授たちに対して。

ケイシーは学部内で最も日本語能力が優れていた。読む、書く、話す、すべての領域において、彼はトップだった。それはまわりも認めていたことで、学生に限らず、どの教授よりも、ケイシーの方が上手《うわて》だった。それのどこが悪いのだろう。わたしにはまるで理解できない。なぜ、ケイシーの日本語能力が高いから、大学院での研究を打ち切れと言われなくてはならないのか。

「嫉妬されたんだと思う。僕の存在が目の上のたんこぶみたいな感じになったんだろう。あと、僕が家を所有していることも、教授たちは良く思っていなかったみたい。表向きの理由は定員だけどね。つまり、新しい人が入ってくることになった分、不要になる人もいるわけで、僕は不要の方に入れられた。でも本当の理由はさっきも言ったように、やっかまれたってことだと思う」

「へえっ！　そんなことで、大学を馘になるわけ？　なんなのそれ。大学って、陰険なのね、ずいぶん。教授って社会人じゃなかったの」

「まあ、大学とはいえ、学問研究有限会社みたいな面もあるからね。どろどろした人事というか、人間関係に巻き込まれたんだと思うよ。それで、僕に恥をかかせるのは本意ではないから、研究という名目で、来年から日本へ行って、そのまま日本にいたらどうかって提案されたよ」

「それって、あのときの電話で？」

「あのときって？」

「ほら、昼過ぎから夕方くらいまで、誰かと電話で話してたでしょ」

「ああ、そうだ、あのときの電話だ」

絨毯から立ち上がって、わたしはケイシーのそばに腰掛けようとした。すると、ケイシーも体を起こして、わたしたちはふたりで寄り添って座り直した。

この怒りを、前向きな発言に変換しようと思った。

深呼吸をひとつ。

こういうやり方はもともと、わたしがケイシーから学んできた処世術だった。わたしが原稿を没にされて落ち込んでいるとき、彼は「ネガティブな『気』をポジティブなエネルギーに変換しなくちゃ」と言って、励ましてくれた。これまでさんざん、彼に助けられてきた。今度はわたしがそのお返しをする番だ。

「ねえ、わたしたち、日本へなんか、行かないよ！　ここに居座ってやろうよ。日本へ行ってそのまま帰ってこないことで、フェイドアウトさせられるなんて、そんなの、くやしいじゃない？　闘ってやる！　不正義には負けない」

ケイシーの顔がぱぁっと輝いた。

立ち直りの早い人だということは、誰よりもこのわたしがよく知っている。

「そうなんだよ、僕もそう思ってるんだ。だから十二月には、どこへも行かない。来年もここにい続ける。ただし、就職先は探さないとね。大丈夫だよ、仕事はきちんと探すから。もっと儲かる仕事をするよ。大学の先生なんて、一生、貧乏かもしれない。こっちから見切りを付けてやるさ」

「教える仕事、ケイシーに向いてないとわたしも思うよ。ティーンエイジャーのお守《も》りなんか、やってられるか！」

台所の方で、物音がしている。

わたしたちが「どんちゃん騒ぎ」と名づけている派手な物音だ。追いかける、飛び上がる、走り回る、飛び降りる、飛びかかる、容赦《ようしゃ》のない音。

ほどなく姿を現したトビーが口にくわえていたのは、ケイシーへのプレゼントのねずみだった。

ベアーズビル――熊《くま》の村。

ケイシーから町の名前を聞かされたときから、気に入っていた。

「熊が住んでるの」

「そうみたいだよ。おとなしい性格の黒熊で、周辺の山々に六百頭ほどいるらしい。ほかにもいろいろ、ビーバーとか、鹿とか、きつね、たぬき、ウッドチャック、野うさぎ。そうそう、庭には七面鳥なんかも出てくるそうだ」

「わあ、楽しそう！　トビちゃん、どうする、熊だよ熊」

イサカの不動産業者から、現地の同業者を紹介してもらって、ふたりで何度か、町と家を見に行った。

町といっても、規模はイサカと比べ物にならないほど小さくて、たったひとつの交差点に、郵便局、グロッサリーストア、レストランが三軒、あとは車の修理工場と歯医者さんがあるだけの「村」だった。

ここにはかつて、ボブ・ディランの録音スタジオがあり、すぐ近くには、一九六九年に全米から、若者たちを中心にして四十万人もの人々が農場に集結した、伝説のロックフェスの名称の由来となったウッドストックという町があり、観光名所にもなっているという。陸の孤島に近かったイサカと違って、ニューヨークシティまでは車で二時間ほどで行けるから、何かと便利になる。ケイシーの新しい仕事となった不動産投資だって、やりやすくなるだろう。

スタッフの車に乗せてもらって、何軒か、予算に見合った家を見て回った。最後に案内されたアビーロードの奥に立っている、こぢんまりとした家に、ふたりでひと目惚れをした。

築三年。これはほとんど新築に近い。

「アビーロードっていうネーミングがいいよね。修道院通り。これって、ビートルズのアルバムのタイトルにもなってるよね。この家で決まりだな」

と、ケイシーが言えば、

「森の家って感じ。樹木に埋もれているって感じがすごくいいね。森の中の秘密の修道院みたいで、素敵！」

わたしも両手を打ち鳴らして賛同した。

家は木造りの二階建てで、一階にリビングルーム、キッチンとダイニングルーム、小ぶりな書斎、二階にはマスターベッドルームとロフトがあるだけ。部屋数も、イサカの家より少ない。近くに住んでいる建築家が設計して、自分が棟梁《とうりょう》になって、建てたという。ニューヨーカーの夏の別荘として売りに出されていたけれど「もちろん、一年中、暮らしている方々も大勢います」とのことだった。

家の中に一歩、足を踏み入れると、清新な木の香りがした。

「なんの木ですか、これ」

床と天井を指差して、わたしは案内のスタッフに尋ねてみた。

「松です。松の木はオークと違って、色合いも感触も柔らかいんです」

家の外は、鬱蒼とした森。

前庭には池があって、池の周辺も、裏庭も、そのまんま森。

長いドライブの果てにたどり着いた、引っ越し初日の夕方。

「さ、到着したよ。トビちゃんは、きょうから森の猫だよ」

そう言って、キャリーの扉をあけると、トビーは弾丸のように飛び出してきたかと思うと、家具も何も置かれていないリビングルームを自由自在に走り回った。

それから、わたしたちを見上げて、にっこり笑った。

——うん、いいね、ボクも気に入ったよ。

イサカから、熊の村の森の修道院へ引っ越してきて、早四年が過ぎようとしている。

まだベッドを入れていないベッドルームの床の上に、車に積んで持ってきた布団を敷いて、三人で仲良く眠った夜。真夜中、あまりのまぶしさに「あれ？　もう朝なの」と思いながら目を覚ますと、それはカーテンを付けていない窓から射し込んでくる、満月の光だった。ケイシーの寝息と、トビーの寝息があまりに安らかで、わたしは深く安堵して、再び眠りに落ちていった。

今夜も、月が明るい。

わたしはひとり目覚めて、四年前の月夜の晩を思い出している。

あの年には、ペルーで、日本大使公邸人質事件が起こって、次の年の四月まで、人質七十一人は公邸に閉じ込められたままだった。それから神戸で、小学四年生の女の子と小学六年生の男の子が中学三年生の男子に殺されるという事件が起きて、翌年には和歌山で、カレーに混ぜられた毒物によって、四人が亡くなるという事件が、そして今年になってから、五月に九州で、十七歳の少年によるバスの乗っ取り事件が起きた。

不穏な事件ばかりが浮かんでくるのは、なぜだろう。

特に日本で起こっている殺人事件が気になる。

日本の子どもたちは幸せなんだろうか、と、老婆心が湧いてくる。わたしは日本の外にいて、最近の日本のことなど何も知らないくせに、日本の読者に向かって、日本語で、読んでもらえそうもない作品を書いているだけなのではないか。虚しい。空しい。むなしい。ムナシイ。

そんな思いが膨らんでくる。深夜の考え事は良くない。どうしても思いがネガティブな方向へ進み始める。もうやめよう。どうでもいい、日本で起こっていることなんて。もっといいことを考えよう。

本を閉じるように思考を停止して、わたしは「幸せ」について、思いを巡らせてみる。

ケイシーの仕事は、うまく行っている。

わたしは、幸せだ。

イサカの家を売ったあと購入した、この森の家を担保にして、ケイシーはニュージャージー州ジャージーシティにあるアパート物件一棟をローンを組んで買い、そこから得られる家賃収入でローンを返済しながら、別の物件をマンハッタン内でも購入した。ジャージーシティの物件に高値が付いたときに売却して利益を得て、その利益で、マンハッタンの物件のローンの半分を返して、ハワイのモロカイ島にある別荘を買った。このような不動産の売り買いに加えて、株式やファンドにも積極的に投資して、毎月、順調な収入を得ている。

ケイシーとわたし、たったふたりしか従業員はいないけれど、ちゃんと届けを出して会社も設立した。

イサカで家を買おうと彼が言い出したときにも、同じことを思った。人は見かけによらぬもの。文学が好きで、読書家で、学究肌だと思い込んでいたケイシーに、投資や会社経営の才能があったなんて。実は本人にとっても、意外だったようだ。

「やってみると、すごく面白かったんだ。お金って、清潔なんだよね。数字は嘘をつかない。数字は人を裏切らない。数字には裏がない」

不動産関係の法律のみならず、税法も勉強して、着実に実力を付け、実績を上げている。会社は成功している。

わたしは、幸せだ。パートナーの幸せは、わたしの幸せだ。

わたしの仕事は、一向にうまく行っていない。

新人賞を受賞したあと、短編小説が何作か、文芸誌に掲載されたものの、本は一冊も出せていない。まれにエッセイや書評の依頼は来るけれど、肝心の長編小説の執筆は、暗礁《あんしょう》に乗り上げたままだ。

ここ数年は毎年、わたしひとりで日本へ戻って「読んで下さい」と頭を下げながら、原稿を手にして出版社を回っている。同じ原稿を何度も何度も書き直して。精も根も尽き果ててしまいそうなほど、推敲《すいこう》を繰り返して。

「ぜひ、読ませていただきます」

「読んで、前向きに検討します」

「拝読するのが楽しみです」

「喜んでお預かり致します」

編集者からは玄関口で、似たような言葉で見送られ、アメリカに戻ってくれば、

「残念ながら、今回は掲載には至りませんでした」

「次作に期待します」

「今の日本の読者にフィットしていない気がします」

「力作であるとは思ったのですが、これを誰が読むのかということですね」

「弊社では今、ミステリーに力を入れておりまして」

「編集長からの許可が出ませんでした。私は推したんですけど」

没にするための「言い訳集」ができてしまいそうだと思った。

それでもわたしは。

窓の外で、それまで皓々《こうこう》と輝いていた月が雲に隠れた。

わたしはまぶたを閉じた。

それでもわたしは、幸せだ。

強がりでもなんでもない。わたしは幸せだ。

この、清謐《せいひつ》な森の修道院に住んでいる限り、ここには、わたしの隣で眠る人の幸せがあって、わたしたちの足もとでいっしょに寝てくれる猫がいて、これ以上のどんな幸せが世界にあるというのだろう。わたしは、幸せだ。

幸せでいては、いけませんか。


二〇〇一年九月十一日、ニューヨークにある世界貿易センタービル二棟に、テロリストに乗っ取られた旅客機が激突し、ビルが崩壊するという大事件が勃発《ぼっぱつ》した。大統領は「これは戦争《ウォー》である」と、声明を出した。

十月、わたしは予定していた通り、ひとりで日本へ旅立った。一週間ほど、新宿に滞在して出版社を回り、そのあとで郷里の岡山へ。三日後にアメリカに戻る。そんな計画を立てていた。

「気を付けてよ。どこで何が起こるかわからない世の中になっているんだ。今年は見送ったらどうだろう」

心配そうに言ったケイシーに、わたしは「心配しないで」と言った。

「大丈夫だよ。こんなときだからこそ、前向きにならなきゃ。これはビジネストリップなんだもの。いつまでも、あなたの稼ぎに頼っているわけには行かないでしょ。わたしにはわたしの意地があるの」

言いながら、これはいったいどういう意地なんだろうと、ちょっと笑ってしまった。

没にされても、され続けても、それでもまだ頭を出して、叩かれるのを待っている、もぐらみたいだ。

わたしの膝の上には、猫がいる。

「もぐらにはもぐらの意地があるのよ。ね、トビちゃん。トビちゃんにだって、猫の意地があるものね」

飛行機はがらがらで、乗務員の数と乗客の数が同じくらいだと言っても過言ではなかった。

成田空港からまっすぐに、西新宿へ向かった。

到着した日の夜、未影と会う約束をしていた。未影の方がとても忙しく、その日の夜しか時間が作れないと言ったからだった。

彼女は一昨年、結婚しないで子どもを産み、シングルマザーになっていた。その経緯を克明に綴った作品が大ヒットして、さらなる賞を受賞し、今や、日本を代表する作家の仲間入りを果たしていた。

一方のわたしは、相変わらず芽のまったく出ない、新人賞を取っただけの似非《えせ》小説家。ついこのあいだも、岡山のラジオ放送局から「アメリカで活躍する岡山県人」というテーマで何か語って欲しいと、電話での出演依頼があり、喜んで出たところ、アナウンサーから開口一番「ご職業はなんですか」と尋ねられ、短編を何本かしか発表していないわたしが小説家であるとは、誰も思っていないのだと、思い知らされたばかりだ。

「ごめん、真美絵ちゃん、あたし、行けなくなった。ごめんね、本当にごめん。すっごい楽しみにしていたんだけど、可憐《かれん》が熱を出してしまって……」

指定されていた、高層ホテルの最上階にあるバーのカウンター席に着くなり、携帯電話が震えて、未影の声が飛び込んできた。

背後では、赤ん坊の泣き声がしている。

「ベイビーシッターは頼んであったんだけど、やっぱりあたしじゃないと、可憐ちゃんがかわいそうでしょ。この埋め合わせは必ずするから、許してね」

可憐というのは、未影の赤ん坊の名前だ。写真は見せてもらったことがある。未影にそっくりな、目のくりくりした愛らしい子だった。

「気にしないで。そんなこと、埋め合わせなんて、必要ないから」

「ううん、する。させて。今すぐさせて。あのね、真美絵ちゃんに紹介したい編集者がいるんだ。彼も前々から会いたいって言ってたし、真美絵ちゃんの作品も読んだことがあるって言ってたし。褒めてたよ、文章がいいって」

「そうなの？」

「そうなの！　あのね、今からそっちへ行かせるよ。その彼ね、実は可憐ちゃんのパパなんだ。誰にも言っちゃだめだよ。本人も知らないの。今から行かせるから、とにかく会ってみて。彼はね、男としては今ひとつだけど、編集者としては辣腕《らつわん》なんだ。このチャンスをものにしてよ。今夜」

「今夜？」

「だから、今夜よ」

今は午後九時半過ぎ。未影に命令されて、今から出てくる編集者に会って、いっしょにお酒を飲めば、そのあとでエレベーターに乗って、この高層ホテルの夜景のきれいな部屋へ行けば、わたしはビジネスを成功させることができるのだろうか。未影は、自分が捨てた男を、わたしにくれてやろうとしているのか。もしかしたら、わたしと彼をくっ付けて、それを書こうとしている？

「未影ちゃん、せっかくだけど、お断りさせて。わたしも日本に着いたばかりだし、疲れてるし、よれよれだから」

「もう、またまたそんな消極的なこと言って！　だから真美絵ちゃんは」

だから、だめなのよ。

だから、小説家として、成功できないのよ。

そんなことは、言われなくてもわかっている。

「ありがとう。気持ちだけ、受け取っておく」

そう言って電話を切ってから、わたしは目の前に立っているバーテンダーに、サゼラックを頼んだ。ライウィスキーとアブサンを混ぜたカクテルだ。二杯目はネグローニにしよう。これはジンとカンパリを混ぜた赤紫色のカクテル。

強いお酒を飲み干して、ちょっと酔っ払って、向かいに立っている小さなホテルに戻って、ケイシーに電話をかけよう。トビーの「ごろごろ」を聞かせてもらおう。

それがわたしの幸福だ。

7　わたしの猫、ここに――二〇二三年七月

わたしの手もとに、一冊の本がある。

ケイシーの好きな作家の書いたエッセイ集だ。

正方形に近い長方形。ページ数は二百ページほど。旅行鞄《かばん》に入れて持ち歩き、旅をしながら読むのに、ちょうどいい厚さと重さ。

ケイシーという人は、本が似合う人だ。

紙の本を読んでいる姿が様になっている。

出会った頃から、そう思い続けていた。

たとえば、東京の電車の中で彼が本を読んでいて、わたしがたまたま真向かいの席に座っていたりするときなど、ページに視線を落として活字を追っている彼のま

ぶたのあたりに本好きな少年の面影を発見して、胸をくすぐられたものだった。

たとえば、イサカで暮らしていた頃、彼がベッドで毎晩、熱心に読みふけっていたインドの哲学者、クリシュナムルティの思想書。表紙には、哲学者の顔写真が印刷されていたから、わたしはすっかり、この人の顔を覚えてしまって、まるで旧知の人物であるように思えていた。

ケイシーの本棚には、英語の本と日本語の本が九対一くらいの割合で並んでいる。今、わたしが手にしているこの本は、ケイシーの本だけれど、彼の本棚には入っていなかった。

長いあいだ、この本は、わたしが毎朝、そこで朝の緑茶を飲む「グリーンルーム」――観葉植物をたくさん置いているのでこう名づけている小部屋の、サイドテーブルの上に置きっ放しにされていた。この本の上に、一時期わたしが熱心に読んでいた作家の本が何冊も積み重ねられていたので、それらの下敷きとなり、すっかり忘れられた存在になってしまっていたのだった。

カバーには、大きな蕪《かぶ》のイラストが描かれている。

その下には、小人みたいな少年と少女と犬と猫と、ねずみ。ねずみは猫のしっぽを、猫は犬の首根っこをつかんでいる。犬は少女の洋服に、少女は少年の肩に手を掛けている。少年がつかんでいるのは、蕪から伸びている葉っぱの根もと。数珠つなぎになって、みんなで力を合わせて大きな蕪を引っこ抜こうとした結果、蕪は地面からすっぽりと抜けて、空に浮かんでいる。ユーモラスなタッチの銅版画。

今朝、わたしは何年ぶりかで、この本を「発見」した。この本に「再会」した。

きっかけ、というようなものはない。ふと、何気なく、理由もなく、本の山のいちばん下で眠っていた一冊を抜き取った。それだけのこと。単なる偶然。しかし、偶然は時として、何か必然的なものを引き連れてくる。

ぱっと開いたページには、紙の栞《しおり》が挟まっていた。

栞には、水玉模様の猫がすやすや昼寝をしているイラスト。カバーの装画と本文中の挿画を描いた画家の作品だ。細い紐の栞なら珍しくないけれど、本とお揃いの紙の栞が付いている本は珍しい。

可愛いな。

昔はよく、こういう意匠を凝らした本があった。

わたしはふと、何気なく、理由もなく、栞を裏返して、はっとした。

気恥ずかしくなるほど大きな、手書きのハート。

こんなものを、わたしは書いていたのか。

ハートのスペースいっぱいを使って、ボールペンで、わたしの書いた文章は「愛するKへ　ビジネスクラスはとっても快適です。ひとりでしっかり、ばっちり楽しんでいるから安心して。隣の席は空席なので、眠る時にはそっちに移ろうと思います。ディナーは、コッドフィッシュの和風ソテーと、シーフードヌードル。じゃあ、またあとでね。ぐっすり眠ってね。LOVE,M」――。

すっかりしっかり忘れられていた記憶が一瞬にして、よみがえってくる。

そうだった、あのとき、わたしたちはふたりでいっしょに日本へ、里帰りの旅行をしていて、帰りの飛行機で、ひとりだけがビジネスクラスに乗れることになり、ケイシーは迷うこともなくわたしに快適な席を与えてくれ、飛行機の中でわたしは、ケイシーから借りたこのエッセイ集を読んで、挟まれていた栞の裏に、エコノミー席にいるケイシーにメッセージを書いて、渡しに行った。

そのあとのことは、思い出せない。

わたしがケイシーに渡したこの栞を、あとでどちらがこの本に戻しておいたのか。それにしても、さしずめこれは、機内で、妻から夫に手渡されたラブレターのようなものではないか。

まあ、なんと、微笑ましい夫婦であること。

頬をゆるめながら、ひとしきり、栞を眺めたり、触れたり、裏返したりしながら、心を和ませて、ページに戻そうとしたとき、わたしの目は、そのページに緑色のマーカーで線を引かれた箇所に吸い寄せられた。

右のページと左のページに一ヶ所ずつ。

この人生においてこれまで、本当に悲しい思いをしたことが何度かある。それを通過することによって、体の仕組みがあちこちで変化してしまうくらいきつい出来事。言うまでもないことだけど、無傷で人生をくぐり抜けることなんて誰にもできない。

心の痛みや悲しみは個人的な、孤立したものではあるけれど、同時にまたもっと深いところで誰かと担《にな》いあえるものであり、共通の広い風景の中にそっと組み込んでいけるものなのだということを、それらは教えてくれる。

これらの行にぐいぐい線を引っ張ったのは、わたしだ。

ケイシーは本には線を引かない人だから。

わたしは引く。ぐいぐい引く。思うさま引く。時には本がいろんな色のマーカーだらけになって、同じ本を買い直すこともある。

わたしは何年か前に、機内でこの箇所に線を引っ張った。おまけに、このページの角を折っている。それほどまでに心に響いた、ということだろう。あとで創作ノートに書き写したのかもしれない。

それでも、きょうというきょうまでは、そういったことはすべて、忘れてしまっていた。

偶然によって、眠りから起こされるまでは。

これが記憶というものだろう。

無責任な記憶。いい加減な記憶。記憶の手品。記憶のトリック。

それでも、人は記憶によってしか、自分の人生を「読む」ことも「書く」こともできない。


いつ発行された本だったのだろう。

わたしは、奥付のページをあけて、本の発行年月日を確認し、納得する。

なぜ、この六行が琴線《きんせん》に触れたのか。

発行年は二〇一一年。

トビーがひとり、天国へ旅立ってから、わずか五年後。

ふたりが抱えていた空洞の大きさに、わたしは打ちのめされる。トビーがこの世界からいなくなってしまったから、わたしたちはふたり揃って、日本への長い旅をすることができるようになっていた。この本を飛行機の中で読んだ日、わたしがケイシーに、ハートの形で囲んだメッセージを書いて手渡した日、トビーはこの世にはいなかった。

いなかったのに、ここにいる。

わたしたちの猫は、今も、ここに、いる。

家のあちこちにいる。どの部屋にもいる。どの家具の陰にも、すきまにもいる。窓辺にも、ベランダにも、ベッドの上にも下にも、ダイニングテーブルの上にも下にも。

この小さなラブレターの中にさえも、圧倒的な存在感と共に。

その事実に、わたしは打ちのめされる。

打ちのめされながら、わたしは、わたし自身の大きな蕪を地面から引っこ抜く。

蕪とはすなわち、普段は地中で眠りに就いている、人それぞれの人生の真実だろう。

わたしの真実とは、こうだ。

幸福とは、わたしたちの愛した小さな生き物がその命と引き換えに、わたしたちに与えてくれた「永遠」に違いない。

わたしたちの猫とは、ふたりをつないでくれる永遠の愛、そのものなのだ。

8　旅と未来

窓の外には、そこらじゅう、分厚い雪が積もっている。積もった雪の上に、粉雪がはらはら舞い落ちている。

十二月には「ああ、きれい」と、毎年うっとりする雪景色だけれど、二月になってくると「ああ、もう飽き飽きした」に変化してしまう。

「あーあ、旅に出たいよ。血液中の旅濃度が低過ぎる。僕、貧血気味。息も絶え絶え。どこかへ行きたいよー。最後にふたりで旅をしたのは、いつだったっけ」

リビングルームの窓辺のソファーで、膝の上にトビーを乗せて、頭や背中を撫でながら、ケイシーはわたしに声をかける。

「ええっと、どれくらいかな、急にそんなこと言われても……」

この森の家に引っ越してきたのは一九九六年で、今は二〇〇二年だから、これにイサカでの四年を加えると、ほぼ十年、わたしたちはまともなふたり旅はしていない。

「へいそくかん。へいそくかんって、漢字はどう書くんだったっけ。まあ、いいや、メイミー、きみはどうなの。閉塞感、感じてない？　この、雪に閉じ込められてるって感じ。キャビンフィーバーだよね、これって」

長く続く雪の季節に、まるで、雪山の中で小さな丸太小屋に閉じ込められて外に出られなくなっているような気分になり、心が塞いでしまう状態を、英語では「キャビンフィーバー」と言う。本当に熱を出す人もいるようだ。

「特に感じてないけど」

「えっ、そうなの」

「だって、秋には日本へ行ってきたし、あなただって、夏にも秋にも、いろんなところへ行ったじゃない」

ケイシーは夏にはひとりで、ロンドンに住んでいる母親を訪ねていって、ついでに彼女といっしょにヨーロッパを回ってきた。スペインのグラナダでは、いつか見たいとあこがれていたアルハンブラ宮殿を、バルセロナではサグラダファミリアを、見てきたようだ。秋には、日本から遊びに来た友人を案内して、マンハッタンとボストンへ。その間《かん》、わたしはトビーとお留守番。わたしがひとりで日本に戻っているときには、ケイシーとトビーはお留守番。

「だーかーらー僕が言ってる『旅』っていうのはさー、ふたりで行く旅のことさー」

わたしの知らない歌の替え歌。調子っぱずれ。

「むーかーしーはーあーんなによく、ふたり旅ができたのにーあーあーあーこいつのせいでー」

「まあ、なんてひどいことを。トビちゃんに失礼よ」

わたしが「トビちゃん」と言った瞬間、トビーはくいっと顔を上げて、わたしの方を見る。自分の名前が呼ばれたということをちゃんと理解している。

ふたり旅ができなくなったのは、トビーのせいだ。

いや、トビーのおかげ、と言うべきか。

トビーを家族として迎え入れてから、わたしたちはずっと別々に旅をしている。一回の例外を除いて。

いつの年だったか、ちょうどどんな雪の季節に、トビーを獣医さんのところに預けて、暖かい中米のグアテマラへ行こうとしたことがあった。

実際に、行った。古都アンティグアに滞在したあと、アティトラン湖のほとりに立っているコテージへ。

湖の向こうに、富士山に姿形の似た山を眺めることのできる庭には、ブーゲンビリア、朝顔、ハイビスカス、合歓《ねむ》、アマリリス、梔《くちなし》、ベゴニア、紫陽花、サルビア、花魁草《おいらんそう》、ジャスミン、ストロベリーフラワー、マリーゴールドなど、季節感も国境もやすやすと越えた花たちが咲き誇っていた。真夜中には、孔雀《くじゃく》に似た小鳥が「みゃあみゃあ」と、猫みたいな声で鳴いていた。何も心配事がなければ、ここは楽園だと思えた。

けれども、わたしたちはこの楽園で、トビーのことが心配でたまらなくなって、一週間のバカンスを三日で切り上げて、帰ってきてしまったのだった。

ふたり旅には、懲《こ》りてしまった。少なくともわたしは。

ケイシーには悪いけれど、わたしはトビーを誰かに預けてまで、旅をしたいとは思っていない。

森の修道院に、三人で籠っている時間がいちばん幸せ。ここから、どこへも行きたくない。

わたしの定義による「幸せ」とは、どこにも「幸せだ」と書かれていない日記帳に、くっきりと刻まれている、幸せ。そういう「どこにも書かれていない幸せ」が、この家の中にはある。少なくともわたしはそう感じている。

「ねえ、短くてもいいからさ、ひゅーっとどこかへ飛んでいってしまおうよ」

「じゃあまた、トビちゃんを預けるわけ？　またおんなじことが起こるよ。心配になって、途中で帰ってくることになるよ。無理やりそんな旅をしても、楽しくもなんともないでしょ。違う？」

「……ん、まあ、それはそうだな。違わないな。違わない、ああ、それが問題だ。

可愛い猫と旅。これを両立させるのが難しい。可愛い猫には留守番をさせろ、なんて、そんなことわざ、なかったっけ、な、おまえ」

トビーは、自分のことが話題になっているとも知らず、ケイシーのセーターに付いているボタンと毛玉で遊んでいる。正確に言うと、ボタンを取ろうとして爪で引っ掻いて、毛玉を増やしている。

わたしはキッチンで、お菓子を作っている。

もうじき、午後三時だ。三時といえば、おやつの時間。

わたしは家の二階を仕事部屋として使っていて、ケイシーの仕事部屋は一階にある。朝ごはんも、昼ごはんも、夕ごはんも、それぞれの仕事の進み具合との兼ね合いで、原則として、ばらばらに食べている。

夫婦だから、家族だから「いっしょにごはんを食べないといけないって決まりもないんだし」「そうよね、家族は、ごはんのみにて生きるにあらずよね」――などと言い合って、いつの頃からか、食事はお互いが好きな時間に食べればいい、たまたまいっしょに食べる日があってもいい、というゆるやかな決まりができ上がっている。友人たちからは「変わってるねぇ」「仲がいいのに、食事はばらばら？」と不思議がられることが多いけれど、やってみると、これがなかなか快適なのだ。

わたしの場合には、お昼になってきて、ちょうど筆が乗ってきたときにも執筆をやめなくて済むし、ケイシーはケイシーで、朝と昼を兼ねたブランチが好きだし、スタッフとのミーティングとランチを兼ねた外出も多い。

そんなわたしたちがダイニングルームに集合するのは、午後三時。

なぜか、おやつの時間だけは、ふたりでいっしょに過ごす。つまり恋人たちのように「甘い時間」を。

料理はさほど得意でも好きでもないものの、わたしは、お菓子やパンを作るのが得意で好きだ。正確に言うと、アメリカに来てから好きになった。キッチンに、大きなオーブンが付いていたから。

このごろ凝っているのは、ココナッツ系のお菓子。

きょうは、ココナッツマカロンを焼いた。

「うんめぇ、うんめぇ、これ、あと何個あるの」

羊みたいな声を出しながら、次々にお菓子に手を伸ばしているケイシーの隣に座って、わたしは横からトビーを抱き取る。

さっきまで、窓辺の陽だまりで、昼寝をしていたせいだろう。冬の陽射しを吸い込んで、ほんのり温かいお腹の毛に鼻先をくっ付けて、わたしは甘い声を出す。

「トビちゃんを置いて、ふたりで旅行に行ったりしないからね、絶対！」

「あーあ。絶対か。まあ、仕方ないか。猫愛は絶対なりか」

そんなわたしたちが清水の舞台から飛び降りるような心境で、久しぶりのふたり旅に出たのは翌年、二〇〇三年の七月だった。

二月にはアメリカが打ち上げたスペースシャトルが空中分解して乗組員全員が死亡、三月には米英軍がイラクへの攻撃を開始、日本では、七月一日に長崎で、中学生の男の子が幼稚園児を連れ去り殺害する、というショッキングな事件が起こったばかりだった。

わたしたちの旅の行き先は、メキシコ。

「こんなチャンスはこの先、もう巡ってこないかもしれない。いや、巡ってこない。だから思い切って行こうよ。オーロラの好意に甘えようよ」

オーロラというのは、ケイシーが仕事で知り合った弁護士で、うちから車で三十分ほど離れた町に住んでいる。三人いた子どもたちが全員、大学生になったことをきっかけにして夫と離婚し、猫といっしょに「優雅で気ままなふたり暮らし」を楽しんでいたらしい。が、つい最近、その猫に死なれてしまった。悲しくて悲しくて、仕事もままならない。そんなとき、ケイシーから「猫がいるから旅ができない」という愚痴を聞かされ「それなら、私に預からせて」と、有り難い申し出をしてくれたという。

「ただ預かってもらうだけじゃなくて、オーロラの悲しみを癒やすっていう役割をトビーが果たせるかもしれない。これって一挙両得だよね。いわゆるウィンウィン？　獣医さんのところみたいに、ケージに入れられるわけじゃないんだ。ちゃんとした一軒家で、猫好きなオーロラに可愛がってもらえるんだ。トビーにとっても、楽しいホームステイになると思うよ。彼にとっても、いい思い出になるはずだ」

そんな言葉に説得されて、わたしは折れた。

飛行機に乗って、シートベルトを締めて、わずか四時間半。

メキシコに着いたとたん、時の流れが突然、ゆっくりになったような錯覚に陥った。事実、人々の立ち居振る舞いは、アメリカや日本に比べると、ずいぶんのんびりしていて、笑顔も仕草も、何もかもが解《ほど》けているような感じ。エレベーターの中にも椅子が置いてあって、座って移動ができるようになっていたり、売店でお水を買うと、その場で半分にカットしたライムを付けてくれたりする。

「十日ほど行きたい」と言ったケイシーに対して、わたしは「五日でじゅうぶん」と主張し、歩み寄って、一週間のバカンス。

滞在先は、カンクンという名前の町。

メキシコ湾とカリブ海に突き出しているユカタン半島の先端に位置する町で、メキシコ最大のビーチリゾート地として知られている。東にカリブ海を臨む高層ホテルの目の前には、白砂のビーチがどこまでも、どこまでも続いている。

「うわあ、すごいな、これは。別世界だな、ここは」

部屋に着くなり、ケイシーは歓声を上げた。

「そういえば、フロントの人は、砂州《さす》の長さは二十二キロって言ってたね」

「あしたの朝、走ってみるか」

コーヒーテーブルの上には、アイスペールに入った、ウェルカムドリンクのシャンパンと、グラスと、バスケットからあふれそうになっている南国のフルーツ。パイナップルにマンゴーにパッションフルーツにパパイヤにバナナ。ほかにも、見たこともなければ名前も知らない、変わった形をした果物たち。

シャンパンで乾杯したあと、ケイシーはそそくさと水着に着替えて、ビーチへ飛び出していった。

「わたしはあとで行く」

そう言って、ケイシーのうしろ姿を見送りながら「この人がこんなに喜んでいるのだから、我慢しなくちゃ」と、自分に言い聞かせていた。

どんなにきれいなビーチを目にしても、どんなに美味しいメキシコ料理を目の前にしても、わたしの心にはやっぱり、どうしても、あの、エメラルドグリーンのトビーの瞳が浮かんでくる。

預けに行ったとき、

「トビーのことは安心して私に任せて、ふたりで思いっ切り、エンジョイしてきてね」

オーロラは、トビーを胸に抱いて、そう言ってくれた。

トビーは、初対面にもかかわらず、オーロラの胸に、至っておとなしく抱かれていた。前足を彼女の肩に掛け、お腹は彼女の胸に当てている。一方のオーロラは、トビーの首とお尻に手を添えている。猫をこんな風に抱くことのできる人なら、大丈夫だ。わたしは少し安心した。

でも、ほんの少しだけだ。

「じゃあ、よろしくお願いします。何か問題が発生したら、遠慮なく連絡して下さい。二十四時間いつでもオーケイです」

別れ際、円《つぶ》らな瞳でわたしの顔を見つめていたトビーの表情が忘れられない。

——あれ？　どこへ行くの？

――ボクを置いて、どこへ行くの?

――ここ、ボクんちじゃないよ。

――ボクもいっしょに帰る。

そんな風に言っているように見えた。

抗議していたのかもしれない。

そう、きっと、あれは抗議だった。

窓の向こうに広がっている、底抜けに明るく、青く、あっけらかんとした海と、よそよそしいまでに白い砂のビーチと、ビーチに振りかけられた色とりどりの金平糖みたいな人々を眺め下ろしながら、わたしはつぶやく。

トビちゃん、ごめんね。

ごめん、ごめん、こんなことして、ごめん。

つぶやくと同時に、心の輪郭がぼやけてきて、たちまち涙がこぼれそうになる。

きのうの今ごろ、オーロラの家の前で別れて、まだ一日しか経っていないのに、もう寂しくなっている。

早く帰りたい。

こんな旅、バカンスって言えるのだろうか。これって、バカンスなんかじゃなくて、ベイカンシーだ。ベイカンシーは空き部屋。わたしの心と体は、すかすかの空き部屋になってしまっている。トビーがいない部屋なんて、空き部屋だ。

ケイシーだって、きっとそうに違いない。いかにも楽しそうに振る舞っているけれど、あれは演技なのだ。それくらい、わかる。

旅に出る前に、ケイシーとは、こんな約束を取り交わしている。

「飛行機が飛び立ってから、向こうに着いて、向こうからアメリカに戻ってくるまで、トビーのことについてはいっさい会話しないようにしよう。話せば前みたいに寂しくなって、心配になって、帰国を早めたりしそうだろ。そんなことにならないように、トビーの話題はご法度《はっと》。お互いに心の中で思っているだけで、口には出さない。どうかな、こういう方法」

「いいかもしれないね。うん、いいと思うよ。やってみよう。わざと何も話さなきゃ、いいわけよね」

名案だと思った。

ふたりともトビーのことを思っていても、口にはしない。

ふたり旅をしていても、心はひとつとひとつ。

同じひとつのベッドで眠っていても、ふたりとも心の中では、ただ一匹の猫のことだけを思っている。

そうなのだ。喜びや楽しみは誰とでも分かち合えるけれど、寂しさや悲しみは、他人とは決して分かち合えない。その「他人」には、愛する人も含まれている。たとえ長年、寄り添ってきた夫婦であっても、喜びは二倍になっても、悲しみも二倍になる。いや、四倍にも、八倍にも。仲が良ければ良いほど、悲しみは半分にはならない。

そんな手強い悲しみが足音も立てないで、ひたひたと、さざ波のように、わたしたちに近づいてきていた。

案の定、メキシコから戻ってきて、空港からその足でオーロラの家まで車をぶっ

「きのうからちょっと具合が良くなくて、今朝は獣医さんに連れていってたの」

と、オーロラは済まなそうに言った。

トビーはすでに移動用のキャリーに収められていて、狭い檻《おり》の中でじっとうずくまっている。

呼びかけても、返事はない。反応もない。きっと、わたしたちに捨てられたと思って絶望していたのだろう。

「あなたたちに余計な心配をさせたくなかったし、戻ってくるのはきょうだってわかってたから、ごめんなさい、何も知らせなかったの」

「具合って、どういう風に」

「どんな風に悪いんですか」

ケイシーとわたしは、ほとんど同時に、同じような質問をしてしまう。

「二、三日前から食欲をなくしてたんだけど、でも少しは食べてたし、昼寝も遊びもわりと普通に。でも、きのうは飲まず食わずだったの。それはまあ、猫にはときどき起こることでしょ。私にも経験があったし、あなたたちにだって、あったでしょ。でもね、ゆうべから、おしっこが出なくなっていて、今朝も出なかったの。それで急遽、病院へ」

そういう経験は、確かにあった。食欲不振も、尿が出なくなったことも。

総じて猫は、環境変化に弱いと言われている。また、なんらかの精神的なショックがあったとき、犬と違って、物が食べられなくなったり、急に体調が悪くなったりする。怪我をしているわけではないのに、びっこを引きながら歩いたりすることも。

トビーも、イサカからベアーズビルに引っ越してきた直後に、一時期、食欲を失い、痩《や》せてしまい、おしっこが出なくなったことがあった。病院へ連れていって、ひと晩、入院して処置をしてもらったあとは、嘘みたいに元気になって、まるで何事もなかったかのように元通りになった。

だから、油断していた。

たった一週間であっても、トビーにとっては、それが永遠だと思えたのだろう。

オーロラは申し分なく優しくて、愛情もたっぷりかけてくれたはずだけれど、それでも、住み慣れた自分の家から引き離された、という精神的な傷を負ってしまったのだろう。

それに、トビーはもう若くはない。

姿形は若々しくて、性格は子猫みたいだけれど、この子は十一歳。人間だったら、六十歳くらいだろうか。

六十歳であっても、もっと若くても、もっと上でも、突然、いっしょに暮らしていた家族から引き離され、強制的に見知らぬ人の家に行かされたら、人間だってショックだろうし、どんなに心細いことだろう。

そんなことも考えないで、いや、考えてはいたのだけれど、蓋をして、バカンスに出かけたわたしたちは、なんて愚かだったのだろう。

森の家に連れて帰る車の中で、ケイシーは「ごめん」と言い続けていた。

「ごめん、トビー。僕らが馬鹿だった。いや、僕が馬鹿だった」

「わたしも馬鹿だった」

「もう二度と、金輪際《こんりんざい》、トビちゃんを置いて、旅なんか行かない」

「行かない、もう二度と」

「寂しい思いをさせてごめん」

「最低の飼い主だ、ごめん」

ふたりで謝り続けた。

車がアビーロードの下まで来て、そこからが登り坂になる、という地点まで走ってきたとき、わたしの膝の上でぐったりしていたトビーがつと顔を上げて、ひと声「みゃあ」と、つぶやいた。弱々しい声だった。わたしの耳には確かに、こう聞こえた。

——帰ってきたよ、ボク。

わたしは、小さな獣の体を抱きしめて答えた。

「そう、帰ってきたよ。トビちゃんの家はここだよ。もうじき着くからね」

オーロラからメールが届いたのは、それから一年あまりが過ぎた、二〇〇四年の秋だった。

メイミー&ケイシーへ
おふたりさん、その後、おかわりないかしら。
ライオンキングのトビーは元気?
きっと、たよりがないのは良いたよりよね。
ところできょうはひとつ、あなたたちにお願いがあって、
メールを書いています。実はあのあとね、私のところへも、
エンジェルがやってきたの。そう、とびっきり素敵な
エンジェルの名前は「ミライ」って言います。
添付の写真をご覧ください。ね、キュートでしょう?
今、七歳です。事情があって、今年の春からうちの子。
それでね、私、感謝祭のホリデイに、ロスに住んでいる

両親の家へ、行かなくちゃならなくなって、五日ほどなんだけど、ミラちゃんをトビちゃんちでステイさせてもらえないだろうかと思っています。ミラちゃんは、どんな子とでも仲良くできるとってもフレンドリーな性格の女の子です。好き嫌いもなく、なんでも食べます。ご検討の上、お返事をくださいね。だめな場合でも遠慮なく。その場合には他をあたります。

オーロラ

検討するまでもなく、わたしたちは引き受けることにした。前に預かってもらった恩義がある、というわけではなくて、本当に心から、頼まれなくても預かりたいと思っていた。

ただし、猫はだいたい一匹狼的な性格をしているから、ほかの猫と仲良くするのは難しいかもしれない。でも、たとえ、二匹が仲良くできなかったとしても、たとえば五日間だけ、トビーは一階で、ミライには二階で、生活をしてもらえばいい。

ケイシーは、弾んだ声でオーロラに電話をかけて、大歓迎の意図を伝えた。

「それで、いつ、連れてくる？　それともお迎えに行こうか？　うんうん、そうなの、うん、わかったよ。へーそうなんだ。誰から聞いたの、そんな日本語。へー、あーそうなんだ。えっ！　ほんと！　それはすごいね。奇遇だね。うん、じゃあ、メイミーにも伝えておく。彼女、すっごく喜ぶよ。はいはい、わかった。わかりました。心配しないで。迎えに来たとき、ミラちゃんがもう帰りたくない、トビーといっしょにこっちの子になるって言いたくなるくらい、可愛がるよ」

電話を終えたあとも、息を弾ませたまま、わたしに向かってこう言った。

「ミライって名づけたのは彼女の娘さんで、彼女は大学で日本語を学んだことがあって、今も日本語の勉強をしているから、ミライの意味が未来だってことを知ってて、それでミライって名前を付けたんだって」

わたしは焼き上がったばかりの三時のおやつ、バナナと胡桃《くるみ》のケーキをオーブンから取り出しながら、答える。

「へえ、そうなの、可愛い名前よね、ミラちゃんって。ミラってイタリア語っぽいけど、英語名としても通用するし、でも、日本語の『未来』が由来だなんて素敵」

「イタリア語のミラは『あこがれ』って意味で、ラテン語では『びっくり』なんだって」

「へえ、ますます素敵。じゃあ、トビちゃんがミラちゃんに会ったら、トビちゃんはびっくりして、でもきっとすぐに、ミラちゃんがあこがれの君になって、それがトビちゃんの未来ってこと？　トビちゃん、楽しみだねぇ、ガールフレンドができるかもしれないよ。どうする？　初恋かもしれないよ。猫の初恋物語」

絨毯の上に寝そべって、一心に毛繕いをしているトビーに、わたしは声をかけた。

ミラちゃんは、写真で見た限りでは、全体的な毛色も、顔の半分と胸と両足の先が白いという毛色の組み合わせも、まん丸な瞳も、何もかもがトビーにそっくりで、でも大きさはトビーよりもひとまわりほど小柄で、傾《かし》げた首や、ちょっと恥ずかしそうな表情などがいかにも「猫の女の子」という感じがして、キュートだった。

二匹が揃ったら、まさに、プリンスとプリンセスではないか、という気がする。

トビーとミライ。

そんなタイトルの童話を書きたくなっている。

「トビちゃん、どう、どきどきする？　仲良くしてあげてね。喧嘩なんてしないでね」

「しかし、猫は相性が難しいからなー。どうなることやら、キャリーの蓋をあけてみないと、わからないぞ、これればっかりは」

「そんなことない！　トビちゃんは心の広い、とってもナイスな貴公子なんだから。どんなお姫様とだって、仲良くできるのよ」

「飼い主が偏屈様でも」

「誰のこと？　その偏屈さんって」

「さあ、誰でしょうか。トビちゃんには正解がわかるよな」

バナナケーキの香りに包まれたダイニングルームに、ふたりの笑い声が重なって、わたしたちの未来には、楽しいことだけしか待っていないように思えていた。

ミライを迎え入れてからの五日間、わたしは、仕事をしている時間以外は、カメラを手にして、二匹を追いかけ回していた。

二匹はすぐに仲良くなって、出会いの日から別れの日まで、まるで前世からずっとくっ付いていました、と言わんばかりにして、寄り添っていた。どんな人に話しても「それって、わりと珍しいことだよね」と感心された。

暇さえあれば、写真を撮った。

仲良く、折り重なるようにして昼寝をしている二匹。

ひとつのお皿の前で、仲良くごはんを食べている二匹。

窓辺に並んで座って、外の景色を見つめている二匹。

ミラちゃんのうしろから、しずしずと、家来みたいにくっ付いて、階段を降りていくトビー。

トビーがわたしの膝の上に飛び上がると、ミラちゃんは近くのデスクの上に飛び上がって「あたしも撫でて」と、せがんでくる。ミラちゃんを撫でていると「ボクもボクも」と、トビーが背中に張り付いてくる。

猫まみれになったわたしの全身は、幸福のオーラで包まれている。

ケイシーの言葉を借りれば、血液中の幸福濃度が濃い。

なんて、幸せなんだろう。

わたしの仕事はといえば、相も変わらず、鳴かず飛ばずの状態になんら変わりはなく、雑誌に掲載された『わたしの猫、幸福』の続編に当たる短編を何本か書いたものの、それらが実を結ぶことはなく、本は一冊も出せていなくて、それでもときおり舞い込んでくるエッセイ、翻訳、インタビュー原稿を引き受けながら、だましだまし、仕事をやっている。

小説家とは呼べないし、呼ばれることもない、芽の出ない新人賞受賞者のまま。未だに、なんらかの文章を寄稿した雑誌社の編集者から「肩書はどう致しましょう」と訊かれて、答えあぐねている小説家もどき。

ではあったけれど、このごろではもう、そんなことはさほど気にならなくなっている。ケイシーの投資の仕事が成功して、経済的にはとても裕福な暮らしをさせてもらっているし、森があって、家があって、猫と愛する人がいっしょにいる、という幸せがあれば、自分の野心、名誉欲、虚栄心などに囚われること自体、間違っている。そう思えるようになっている。

悟りも得た。

芽の出ない小説家として、それでも書き続けているわたしが到達した悟りとは。

小説とは、自分に問いを投げかけて、それに自分で答えを返す、終わりのない作業であり、だから人は一生に一作だけしか傑作を書けない。何作、書いたとしても、それは畢竟《ひっきょう》、一作に過ぎない。

数年前に大病を患《わずら》って、見事に快復し、その後、闘病記を出して成功した未影も、同じようなことを言っていた。日本帰国中、お見舞いを兼ねて会いに行ったとき「真美絵ちゃんは正しかった。書くことで不幸になったり、不幸を書いて成功することには、意味なんてない」と。

そのあとに彼女は、わたしが思っているのと同じことを口にした。「小さくても確かな幸せがあれば、大きな何かを手に入れる必要なんてないのよ」と。

そんな彼女の書く文学を、わたしは以前よりももっと深く愛せるようになってい る。彼女はきっと、ひとり娘への愛に支えられて小さな幸せを得たのだろう。不幸を書くのをやめて、幸せを書くことにしたのだろう。

幸せとは不幸を内に秘めたものであることを、彼女もわたしも知っている。それは自明の理だ。生は死を、喜びは苦しみを内包している。


「ミラちゃん、おはよう！　よく眠れた？」

「トビちゃん、ごはんだよ、ミラちゃんを呼んでおいで」

「ねえ、きみたち、何して遊ぶ？　追いかけっこがいい？」

「ボールか、ねずみ、どっちにする」

「あははは、ミラちゃん、ねずみだってー」

今にして思えば。

あの五日間がわたしたちの、幸福の絶頂点であったのだとわかる。

絶頂まで達してしまったら、あとはそこから降りていくしかない。

撮り続けた「幸福」の写真は、あとで、わたしたちを突き刺し、引き裂く刃《やいば》のようなものになる。

もっと撮っておけば良かったとわたしは後悔し、ケイシーは「見たくない。隠しておいてくれ。僕の目に触れるところに飾らないでくれ」と言って泣く。

幸福とは常に、諸刃の剣なのだ。

ミライがうちから去っていった日、階段の上に居住まいを正して座って、上から見下ろすようにして見送っていたトビーの姿を思い出すと、わたしの胸は今でも張り裂けそうになる。

9　わたしの猫、永遠――二〇二三年八月

二〇〇六年八月のあの日あのとき、わたしの膝の上からブルースカイブルーの空へと旅立っていった、小さな命を看取ってから、十七年という歳月が流れた。

十七年というのは、長い時間なのか、短い時間なのか、わたしにはわからない。

過去に、これ以上の悲しみがあっただろうか。なかった。

これ以上の悲しみがこれから先、やってくるだろうか。

やってくるとは思えない。

そんな悲しみを、ただただ悲しみながら、悲しむことしかできない日々をやり過ごしてきた。

ケイシーは未だに、トビーの写真を見ることができない。彼の部屋には、トビーに限らず、猫を象《かたど》ったもの、猫の模様の付いたもの、そのほか、猫を思わせるようなものはいっさい置かれていない。

わたしは未だに、机の引き出しの奥に仕舞ってある小箱を取り出しては、そこに入っているトビーの毛や毛玉や爪や爪の皮や髭を眺めながら、触れながら、涙している。

毛も爪も髭も、彼の死後、掃除中に拾い集めたものだ。

ついこのあいだも、大型ごみの引き取りを業者に頼むことになり、そのついでに、家の中にある不要品、壊れた電化製品や、使えなくなったテーブルや椅子や、古いお布団などを整理しているさいちゅう、クローゼットの奥に仕舞い込んであった、トビーのキャリーバッグを十数年ぶりに目にして、目玉が溶けそうなほど、泣いてしまった。

キャリーそれ自体には特別な感慨を抱かなかったものの、その底に敷いたままにしてあったケイシーのセーターを見つけたとき、涙腺が破裂した。

ああ、あの子は、最後の最後に獣医さんから連れて帰った日、この毛玉だらけのセーターの上にうずくまっていた。抱き上げると、ずっしりと重かった体が、小鳥のように軽くなっていた。

安楽死をさせてはどうか、と提案され、烈火のごとく怒って拒否し、自宅で看取りますと、投げ付けるように答えて、トビーを連れて帰ったのは、わたしだった。「ひどく苦しむことになるなら、いっそ」と言ったケイシーを「冗談も休み休み言ってちょうだい」と叱り付けて。

トビーはそれからおよそ三ヶ月あまり、住み慣れた家で余生を過ごした。最期は苦しむこともなく、安らかに、文字通り眠るように、逝った。

そんなこんなのすべてが、何もかもが凝縮されて詰め込まれている一枚の絵を見ているかのように思い出されて、わたしは泣きながらセーターを取り出し、キャリーだけは捨てることにした。

もちろん、ケイシーには何も話さなかったし、セーターも、彼が決して目にすることのない場所に隠した。

ふたりとも、まだ、悲しんでいる。

このことを悲しむべきか、喜ぶべきか。

ただ、散歩中、よその家の猫を見かけると、歩み寄っていって親しげに呼びかけながら「おいでおいで」と誘うのはケイシーで、わたしはその場に突っ立ったまま、胸の奥からあふれ出てくる感情を抑えるのに、必死になっている。

今ではいつでも出かけられるようになったふたり旅に、出かける前にベッドを整えたあと、わたしは今でもトビーのために、ベッドのまんなかにクッションを一個、置いておく。

トビーはそこに背中を当てて昼寝をするのが好きだったから。

ケイシーはそんなわたしを見て笑う。寂しそうに。

死なれた直後には、ふたりでいたら、こんなにも悲しいのだから、いっそのこと、しばらく別々に暮らそうか。そんな話まで出た。ケイシーからも、わたしからも。

でも幸か不幸か、別居も離婚もしなかったのは、

「だめだ。僕らが別れてしまったら、あいつが悲しむ」

と、ケイシーが言い、わたしはわたしで、

「わたしたちが別れたら、思い出が半分になるから良くない」

と、考えたからだった。


世の中には二種類の人間がいる。インドへ行く人と行かない人だ。三島由紀夫《みしまゆきお》はそう語った。正確な言葉ではないかもしれないけれど、そういう意味合いのことを三島はインタビューか対談で話していて、それが活字になったものを読んだ記憶がある。

わたしはこう思う。

世の中には二種類の人がいて、それは、ペットを亡くしたあと再びペットを飼う人と、飼わない人だ。

トビーに死なれたあと「新しい猫を飼えば」と、わたしに言った人がいた。ひとりではなかった。何人もいた。そのたびにわたしは、その人たちの頬を張りたくなったものだった。無神経なことを言うな。最愛の我が子を亡くして、悲しんでいる親に「新しい子を産めば」と、あなたは言えるのか。

どこかから、かわいそうな別の猫をもらってきて、その猫に幸せな生活を提供してあげることによって、わたしたちは慰められ、同時に、死んだ猫の供養《くよう》にもなるのではないか。そういう考え方もあるだろう。すごくよく理解できる。わたし自身、トビーが元気だった頃は「この子が死んだら、その翌日に、動物保護施設から別の猫を引き取ってくる。そうすることでしか、悲しみを乗り越えられそうにない」などと、嘯《うそぶ》いていたことだってある。

でも、できなかった。

別の猫も、新しい猫も、わたしたちにはいない。

あの子はわたしたちにとって、ただひとりの神様であり、唯一無二の「善」だったのだ。

ゆうべ、わたしの仕事部屋に、一通のメールが届いた。

タイトルは「ミニヨンを可愛がっていただきありがとうございました」――。
長きにわたっていっしょに仕事をしている、児童書の編集者からのメールだった。

じつは、こちらの土曜日に、ミニヨンが亡くなりました。
長く可愛がっていただきありがとうございました。
昨日は苦しくてご報告できず申し訳ございませんでした。
私と獣医さんの連携悪く可哀想な最期になってしまい、後悔で立ち直れずにおります。
私は愚かでしたが、彼女はすごく強く勇敢で最期まで美しかったです。

こちらの土曜日とは八月五日のことで、わたしがこのメールを読んだのは、アメリカの八月六日だった。

八月六日といえば、広島に原爆が落とされた日で、その日は、わたしとケイシーが日本からアメリカにやってきた日でもある。ケイシーにとっては帰国日だけれど、わたしにとっては渡米記念日であり、移住記念日でもある。そしてミニヨンの亡くなった日は、わたしたちの唯一の猫トビーが生まれた日でもある。

すごく強く勇敢で最期まで美しかった、ミニヨンという名の猫に、わたしは会ったことがない。

それでも彼女が「可愛がっていただき」と書いてくれたのは、わたしの手もとには彼女が送ってくれたミニヨンの無数の写真があって、わたしはいつもそれらの写真を見ては心を和ませ、慰められ、励まされてきたからだ。つまり、ミニヨンもまた「わたしの猫」だった。

だから今年になって、ミニヨンが体調を崩していると聞いてからは、ずっと心配をしてきたし、しかしミニヨンの年齢を思えば、心配しながらも心の片隅で、来《きた》るべき日は遠くはないと、覚悟もしてきた。

ゆうべ、わたしはその覚悟を試されたことになる。

全然だめだった。

わたしの覚悟なんて、なんの役にも立たなかった。わたしはただ途方に暮れ、涙し、言葉の無力さを感じながらも言葉を重ねる、冷静な大人のふりをするしかなかった。

ミニヨンの写真に素敵な詩をたくさんつけていただき、ありがとうございました。花森さんのツイートが流れてくるたびアイコンやミニヨンを見つけて、私も家族も喜んでおりました。いつかよろしければ、ほとぼりがさめたらまたミニヨン詩をあげてください。トビちゃんに会えていると良いなと思います。お兄ちゃんみたいに優しくしてくれそうですね。

思い返せば、彼女とは、すぐには数え切れないほど多くの本をいっしょに創ってきた。

その大半は、子どもたちのための本だ。猫が活躍する童話やシリーズもあるし、猫が取り持つ初恋の物語もある。彼女とわたしは、これらの本の存在を広め、宣伝するという目的で、ミニヨンの写真とわたしの書いた詩を組み合わせて、ＳＮＳを使って発信してきた。かれこれ七年にわたって。

たとえば、こんな詩がある。

恋のミニヨン詩（22）猫の力
ねえ、何を考えているの？
あなたの心の中を
のぞいてみたい
あなたも私の心の中を
のぞきたがっている

でも、幸せな恋を
長続きさせるためには
ふたりで互いを
見つめ合うよりも
ふたりで何か別の存在を
見つめている方がいい
たとえば、とびきり可愛い猫

たとえば、こんな詩もある。

恋のミニヨン詩（24）ラブソング
僕はミニヨンちゃんが大好き
いつか一緒に遊びたい
可愛いしっぽの匂いをくんくん

嗅いでみたい
ミニヨンちゃんに会いたい
きっと会える
だけどそれはできるだけ
遅い方がいいんだ
（天国のトビちゃんからミニヨンちゃんに捧げた愛の歌）

たとえば、こんな詩も。

恋のミニヨン詩（28）返事
隣の部屋から
あなたの声がする
私に何かを
問いかけている

とても弾んだ声で
うれしそうに
きっといいことがあった
きっと笑顔で話している
声の調子でわかる
なんと言っているのか
何をたずねているのか
わからないまま
返事をした
「あたしも大好きよ」

そして、こんな詩も。

恋のミニヨン詩（30）心の住人

好きになった人との
別れは存在しない
たとえ別れたとしても
あなたが忘れない限り
その人は心の中で
永遠に生き続ける
いつまでもあの頃のまま
別れる前のまま
幸せだったふたりの
思い出を語り続ける
たとえ恋を失っても
恋した人を
あなたは失わない

二〇二三年八月五日に亡くなった、彼女の最愛の猫に思いを馳せながら、わたしは動揺し、否応なしに、トビーが死んでしまった日の一部始終を思い出した。

あのことも、あのことも、このことも。

最後の爪研ぎ、最後のごろごろ、最後のごはん、最後のお昼寝、最後の毛繕い。

思い出しながら、こう思った。

ああ、わたしはすでにあの子の死を「思い出す」ことしか、できなくなっている。

あの怒濤のような悲しみは今、わたしの胸の中で思い出として、結晶している。

そう、悲しみは液体ではなくて、固体になっている。言ってしまえばそれは、エメラルドであり、トパーズであり、ダイヤモンドであるのかもしれない。

冷たくも美しい、永遠に輝く石を抱いて、これからもわたしは、わたしの猫のいない世界で生きる。こんなにも大きな悲しみを抱えたまま、それでもわたしたちは、日々の小さな幸せを生きる。永遠という名の愛につながれたまま。

愛し続けている限り、人は愛を失わない。

恋のミニヨン詩（34）猫になりたい

生まれ変わったら
人間じゃなくて
私は猫になりたい
猫になって
あなたと巡り合う
あなたは私に夢中になる
あなたは私の虜になる
あなたは私のしもべになる
私は短い一生のすべてを
あなたに捧げる
私は猫だから
あなたよりも先に死ぬ

死んだあとも愛され続ける
私は猫だから

小さなあとがき、あるいは大きな幸せ

『猫の形をした幸福』『九死一生』『瞳のなかの幸福』に続いて、猫をテーマにして書いた長編小説の、本作は四作目になります。今まで小説に書いたことのなかった、イサカを舞台にしています。『猫の形をした幸福』はつい先ごろ、イタリア語の翻訳版がイタリアで出版されました。タイトルは『Il gatto che portò la felicità』で、これを日本語に直訳すると「幸せを連れてきた猫」となるそうです。猫と暮らした日々を描いた私の小説は、なぜか、幸せについて書いた小説になるようです。仕事がちっともうまく行かず、くやしい思いばかりしていたはずなのに、私のそばにプーちゃんがいてくれた十四年間が、私の人生の中で最も幸せな時間でした。いまだに圧倒的な喪失感を抱えたまま、それでもこの作品を書いているあいだじゅう、私は幸せでした。

読んで下さったみなさまへ、小さな声で、大きな「ありがとう」を。

二〇二三年初夏　　小手鞠るい

◎本作は書き下ろしです。
◎本作はフィクションです。実在の人物、企業、学校、団体等とは一切関係ありません。
◎一八〇頁の引用文の出典は以下の通りです。
『おおきなかぶ、むずかしいアボカド　村上ラヂオ2』（村上春樹・文／大橋歩・画／マガジンハウス刊）

小手鞠るい（こでまり・るい）
1956年岡山県生まれ。同志社大学法学部卒業。サンリオ「詩とメルヘン」賞、「海燕」新人文学賞、島清恋愛文学賞、ボローニャ国際児童図書賞、小学館児童出版文化賞などを受賞。児童書、一般文芸書、共に著書多数。近著として『ある晴れた夏の朝』『あなたの国では』『この窓のむこうのあなたへ』『女性失格』『瞳のなかの幸福』『情事と事情』『幸福の一部である不幸を抱いて』『私たちの望むものは』『乱れる海よ』（以上、小説）、エッセイ集『空から森が降ってくる』『今夜もそっとおやすみなさい』など。1992年からニューヨーク州在住。

わたしの猫、永遠

潮文庫　こ－3

2024年　9月20日　初版発行

著　　者　小手鞠るい
発 行 者　前田直彦
発 行 所　株式会社潮出版社
〒102-8110
東京都千代田区一番町6　一番町SQUARE
電　　話　03-3230-0781（編集）
03-3230-0741（営業）
振替口座　00150-5-61090
印刷・製本　株式会社暁印刷
デザイン　多田和博

ISBN978-4-267-02436-8 C0193